Moderne, deutsche Horrorliteratur

Das Online Bundle

*Bibliografische Information der Deutschen Nationalbibliothek:
Die Deutsche Nationalbibliothek verzeichnet diese Publikation in der Deutschen Nationalbibliografie; detaillierte bibliografische Daten sind im Internet über dnb.dnb.de abrufbar.*

Alexander Halverson

1. Auflage

Herstellung und Verlag: BoD – Books on Demand, Norderstedt

ISBN: 9783734753893

Danke an Vanum für die großartige Hilfe bei der Erstellung des Buches.

Danke an alle Autoren, die eine Geschichte eingereicht haben.

Danke an alle aus dem Creepypasta Wiki für die tolle Unterhaltung und die frei zur Verfügung stehenden Geschichten.

Danke an dich für das Lesen dieses Buches.

Inhaltsverzeichnis

Vorwort	9
Vinterskrift	10
Die gelbe Rose	31
Das Archiv	34
Wir	40
Alien-Hand-Syndrom	42
Der Aufzug	61
Entfremdung	63
Der Tannenzapfenmann	84
Der Schrecken in der Rue d'Hathedeux	100
Nordische Tiefen	124
Ein schöner Morgen	144
Die Totenuhr	148
Gefangen im Labyrinth der Kategorien	159
Gier	182
Impressum	*185*

Vorwort

Wie schön, dass du geschafft hast, das Buch aufzuschlagen. Einigen kostet es viel Kraft um sich zu überwinden, schließlich geht es hier um Horrorgeschichten, die einem den Schlaf rauben könnten. Gehörst du auch dazu? Hast auch du ein weiches Gemüt? Hoffentlich nicht...

Mit diesem Buch kannst du dir den Horror wohldosiert einteilen. Ob bei Fahrten mit dem Zug oder kurz vorm Einschlafen, während ein eiskalter Hauch deine Haut streift und du dich noch tiefer in die Bettdecke verkriechst.

In diesem Buch findest du 14 gruselige Horrorkurzgeschichten von Hobbyautoren. Du kannst dir also sicher sein, dass eine Menge Herzblut, Schweiß und Arbeit in den Geschichten steckt.

Dieser Sammelband gibt einen Einblick in das Creepypasta-Wiki. Eine Website mit unzähligen Horrorgeschichten, Mythen und Legenden; romangroße, lesenwerte Reihen und einer großartigen Community.

Und jetzt lehne dich zurück und lass dich von den alptraumerregenden Erzählungen in den Bann ziehen.

Wir warten auf dich.

Vinterskrift
Leon Siever / Flatinka

I

Ist es nicht allein der Einband eines Buches, der uns zur Erlangung dessen Weisheit führt, ja gerade erst das Interesse unserer materialistischen Begierde anfacht? Zerfällt nicht auch der schillerndste Schleier verrufener Rituale und geheimer Kulte, sobald man ihnen den metaphorischen Silberschmuck entreißt? All die Worte, all das Wissen, nichts als Staub vor unseren Füßen, dessen wir nicht mehr bedürfen ... zumindest so bilden wir uns all das ein. Für die an visueller Schönheit orientierte menschliche Wahrnehmung muss alles in Sternengewänder gehüllt werden, da ihm ansonsten nichts verbleibt als im tiefen Moor des Vergessens zu vergehen und alsbald vom Angesicht dieser Welt zu schwinden.

Und die Krone dieses Schaffens, dieses Produktes menschlicher Trägheit, lag auf dem Grund der Seele eines norwegischen Buchmachers, dessen Genie und Wahnsinn wohl niemand jemals zu verstehen vermögen wird. Ein einfacher Mann mit großen Visionen und einer diamantenen Imagination. Sein Name war Håvard Øyresk, und seine Kunst war das Binden von Büchern. Doch das ist nur der halbe Teil seines Arbeitsprozesses.

Alles begann in einer von Wind und Schneegestöbern gezeichneten Winternacht, in einem bescheidenen Haus im Nordbezirk Storskøttes. Es war der 15. November 1969, und die Gebäude brannten im eisblauen Feuer des skandinavischen Schnees. Hoch erleuchtet vom kalten Licht des über allem thronenden Mondes, der in finsterem Gebaren auf die Stadt herniederlächelte und sie mit grimmigem Frost überzog.

Alles lag da in düsterem Weiß. Der von Legenden durchdrungene Natteskog im Nordosten, zwischen dessen Bäumen mehr Geheimnisse als Tiere lauerten, oder die zwielichtige Ulvtom-Universität, aus deren Pforten einst Gerüchte über einen vollkommen verstümmelten Professor und dessen Entdeckung eines gewaltigen Monsters gehallt waren ... in stillem Schlummer lagen sie da, und warfen ihren Schatten auf die weite Stadt. Bedächtig und verlangsamt floss der tiefblaue Ulvtom, die Wolfsleere, in einem von Nordwesten ausgehenden Bogen durch die Häusermassen und reflektierte in seinen Wassern nichts als das silberne Licht des hohen Mondes.

Einige hundert Meter von dessen Ufern entfernt lag die breite und von Schlaglöchern durchzogene Seitenstraße Tåkgata. Die ohnehin schon spartanische Beleuchtung hatte im Zuge des gewaltigen Schneetreibens ihren Lebenswillen komplett aufgegeben und ließ die Straße in undurchdringlicher Dunkelheit verharren. Allein aus einer kleinen Behausung am Rande der nächsten Straßenkreuzung strahlte flackerndes Licht, das beinahe vollkommen harmonisch und in makaberer Melodie von gequälten Schreien aus dem Inneren begleitet wurde.

Zu Beginn des großen Sturms am frühen Nachmittag hatte es begonnen, und hörte erst wieder nach dem Abklang der krachenden Schneemassen auf. Zwanzing Stunden lang hatte es das monotone Ostinato des Windsturms begleitet, zwanzig Stunden lang hatten die Nachbarn sich in Todesangst vor den unmenschlichen Geräuschen in ihren Häusern verkrochen. Und erst nach zwanzig Stunden erkannte man endlich den Auslöser des Martergeschreis: denn der kleine Håvard Øyresk hatte unter Sturmgeheul und Donnershammer das Licht der Welt erblickt.

Innerhalb der folgenden Jahre nach seiner Geburt geschah alles relativ geschwind: Seine Mutter verstarb schnell an nicht erklärbaren inneren Blutungen, und sein Großvater nahm sich daraufhin aus tiefgreifender Trauer für seine Tochter ihres Sohnes an. Seinen Vater sah Håvard niemals selbst. Dieser war nämlich schon Monate vor seiner Geburt in den Bergen südöstlich von Storskøtte während einer Wanderung verunglückt und galt seitdem als verschollen und wurde einige Jahre später nach dem Versagen aller Suchtrupps für tot erklärt.

Somit oblag die Erziehung des jungen Kindes nun allein Snorre Ellefsen, doch er selbst hatte dafür keine Augen. Diese waren nämlich vollkommen auf die eigenen inneren Dämonen gerichtet, mit denen er sich mehrmals täglich mit massivem Blustverlust duellierte. Der Suizid seines wahnsinnigen Bruders 1939 hatte ihn zerrissen, und die deutsche Invasion um 1940 hatte all seine noch vorhandene Kraft aus ihm herrausgebissen. Wie viele Verräter, wie viele

Faschisten ... wie viele Quislinge hatte er einst als seine Freunde behandelt und mit Liebe behütet ... sie alle hatten ihm ein Messer in den Rücken gestoßen und nie wieder herausgezogen. Und auch nach Ende des Krieges und somit der Besatzung verbesserte sich sein Zustand nicht. Alles war wieder wie früher, und doch war es anders ... er erkannte sich selbst und das Land nicht mehr wieder, das er so sehr zu lieben gerlernt hatte.

Depressionen umfingen ihn schnell, und nach dem jungen Tod seiner einzigen Tochter schien die Welt für ihn vorbei zu sein. Allein das kleine Wesen, dass seine Tochter zurückgelassen hatte, war ihm der letzte Grund zur Entsagung des Freitods. Doch es war ihm trotz allem mehr eine Last als eine Pflicht.

Und so vernachlässigte er seinen Enkel so gut wie möglich, hing täglich seinen Depressionen nach und betrank sich wie ein Wassersüchtiger, während Håvard mit einer daraus folgenden, stetig wachsenden, inneren Trauer und einem tiefen Herzenshass heranwuchs, der ihn sein Leben lang leiten würde. Freunde eignete er sich so gut wie keine an, und diejenigen, die sich doch etwas näher an ihn herantrauten, verschreckte er mit Horrorgeschichten über seine Mutter und diverse Alkoholexzesse eines Großvaters. Auch den von vielen mit einer Großzahl von Freunden und Unbeschwertheit verbundenen Kindergarten nahm er nicht als das wahr, sondern betrachtete sich selbst, wie auch daheim, als Außenseiter und ließ sich stets allein von den Erziehern Bücher vorlesen. In dieser Zeit begann sein großes Interesse an Büchern zu wachsen, weshalb er sich mit vier Jahren selbst das Lesen beibrachte und das Gros seines Tages mit dem Durchstöbern der Büchersammlung seines Großvaters verbrachte.

Mit sechs Jahren wurde er auf der Edvard-Grieg-Skole eingeschult und verhielt sich ähnlich wie auch schon vorher; Lehrer beschrieben den jungen Håvard als unscheinbar, teils aggressiv und extrem eigenbrötlerisch, doch auch als höchst intelligent und begabt. Er saß meistens allein vor dem, der Schule naheliegenden, Waldrand auf einem uralten Baumstumpf und zeichnete die Bäume, die Tiere und die vorbeigehenden Menschen und schmökerte in alten Büchern über Märchen und Sagen, die ihn seine triste Realität vergessen ließen. Während seiner gesamten Grundschulzeit eignete er sich dort keine Freunde an. Er bezeichnete allein den Buchhändler Kjetil Nordheim, dessen Laden *Jordboker* einige Blocks vom Haus seines Großvaters entfernt war, als einen wirklichen Freund.

Jener war ein verschrobener Norweger mit runzliger Stirn und hundstreuen, braunen Augen, der stetig in dicke Pullover gehüllt, inmitten seiner Bücherberge stand und Håvard über das Wesen von Büchern belehrte. *Sie sind deine Freunde, wenn es die anderen Kinder nicht sind. Sie erzählen dir schöne Geschichten, die dich diese Idioten schnell vergessen lassen werden. Aber so musst du sie auch behandeln; wie eine Art geliebten Menschen, dem das Überleben allein durch deine Fürsorge gewährleistet wird. Behandle sie stets gut und vergiss nicht: Sie sind für die Ewigkeit,* hatte er ihm einmal erklärt und ihn langsam immer weiter in seine eigene bunte Phantasiewelt entführt, dessen Fundament auf Wörtern stand. Und Håvard gefiel es sehr gut.

Im weiteren Verlauf seiner Jugend beschäftigte er sich noch intensiver mit Büchern und all deren Facetten. Er versuchte die Magie zu erschließen, die sich innerhalb von Büchern eingenistet und ihn so umfangen hatte; und daraus ein perfektes Buch als sein Werk zu erschaffen. Dabei ging es ihm jedoch nicht um Anerkennung oder Geld, sondern einfach um die Kunst an sich. Er wollte es für sich selbst und niemanden anders. Und diesem Ziel eiferte er vorerst nur temporär, nach seinem Abschluss der Sekundarstufe I und einem nicht vorhandenen Bedürfnis nach höherer Schulbildung mit sechzehn Jahren jedoch den ganzen Tag hinterher. Er gab die Rente seines Großvaters, der mittlerweile zu einem fahlen Schatten seiner Selbst verkommen war und nichts mehr außer sterben wollte, für seine knapp gehaltene Verpflegung und dutzende Bücher aus, die er im Rekordtempo durchlas und auf alles durchsuchte. Die Sprache, der Einband, das Papier, die Schrift ... bis aufs kleinste Detail genau durchleuchtete er die ganzen Werke, doch die von ihm angestrebte Erleuchtung fand er nicht.

Erst, als er sich am Abend seines achtzehnten Geburtstages, dem von Schnee und Wind gepeitschten 15. November 1987, noch einmal die

Philosophie seines einzigen Freundes Kjetil vor Augen führte, erkannte er es. Und er zögerte nicht, sondern stapfte direkt in die sturmverhangene Nacht, in sein großes Lebensschicksal hinein.

II
Der Winter nagte mit bitterem Frost an den hohen Häusern und heulte wie ein gepeinigter Wolf durch die leeren Gassen. Kniehoch lag der wolkenweiße Schnee, und in stetiger Harmonie mit der formenden Melodie des Windes zeichneten sich winzige Strukturen im Schnee ab und formten in ihrer Gesamtheit ein ganz Storskøtte einnehmendes Gemälde, das von Natur, Liebe und der nordischen Seele sang. Doch kaum jemand bemerkte diese mannigfaltig natürliche Schönheit. Der Großteil der Einwohner war ohnehin in den grauen schneeverhangenen Häusern geborgen, während die wenigen Passanten auf den Straßen versuchten, so schnell wie nur möglich in die heimatliche Umarmung ihres Zuhauses zurückzukehren. Ebenso auch eine hagere Gestalt mit langem blonden Haar und einer schwarzen Bommelmütze, die sich langsam im Wind bewegte und einen Tanz aufzuführen schien. Lieblich hellgrüne Augen leuchteten unter der weiten Mütze hervor, und trotz der Kälte und den im Gesicht rastenden Schneeflocken lächelte der kleine schmallippige Mund mit einer kindlichen Fröhlichkeit, die nur sehr wenige erwachsene Menschen noch besitzen.

Sie stand mittem auf dem menschenleeren Marktplatz Storskøttes vor dem alten Steinbrunnen und wartete auf ihre Freundin Edda, die eigentlich nur an einer geeigneten Stelle ihre Zigarette anzünden wollte, doch nun schon über eine Viertelstunde fortgeblieben war. Normale Menschen würden vielleicht in Ungeduld verglühen oder vor Kälte zittern, doch sie tat es nicht. Sie liebte die Kälte, den Schnee, und auch jeden noch so kleinen Augenblick, den sie damit zubrachte, sich am glänzenden Weiß und der frischen Winterluft zu laben.

Somit machte es ihr auch nicht sonderlich viel aus, allein auf dem Platz zu stehen und bedacht dem Schnee zu frönen, während ihre Freundin sich wahrscheinlich in ihrer eigenen Heimat verlaufen hatte. Ihr Blick schweifte langsam an den mehrstöckigen Gebäuden vorbei und blieb plötzlich stehen, als sie in der Ferne einen sich geradlinig bewegenden Schatten ausmachte. Mit einer militärischen Präzision schien er auf sie zuzumarschieren, und mit jeder Sekunde wurden seine Umrisse deutlicher. Bei näherer Inspizierung offenbarte sich ihr ein relativ großer, dünner Mann, dem langes, verworrenes Haar von den Schultern fiel und wie schwarze Tentakel über seinem Körper hing. Er trug eine alte, ausgewaschene Jeans und einen schwarzen Fellmantel, dazu feste Stiefel und eine dunklblaue Mütze, unter der bedrohlich hellbraune Augen hervorlugten und sie ebenso zu analysieren schienen wie sie es auch mit ihm tat. Ein scharfer, kalter Blick und unter dem verzottelten Bart bewegte sich sein Mund um keinen Zentimeter fort, bis er sein Wort an sie wandte: "Du bist Livia Ohlin, richtig?", fragte er sanft und freundlich, im vollkommenen Kontrast zu seinem finsteren Exterieur.

Etwas verwundert über die plötzliche Direktheit des Fremden zögerte sie zuerst, doch fasste sich innerhalb Sekundenbruchteilen wieder. "Ja, das bin ich. Wieso?", fragte sie den fremden Mann, den sie bei näherer Betrachtung etwa zwischen zwanzig und fünfundzwanzig einordnete. Er gefiel ihr, auf eine unbeschreibliche Weise. Diese raue, doch so elegante Stimme, die Kraft seines Antlitz, die Unendlichkeit hinter seinen Augen ... abgeneigt wäre sie nicht.

Bedächtig erhob der Fremde erneut seine tiefe Stimme. "Mein Name ist Håvard Øyresk, und ich arbeite an einer, die Menschen und deren Persönlichkeiten dieses Landstriches behandelnden, Novelle. Zwar bin ich kein renommierter Schriftsteller, doch mir deucht eine rapide Veränderung dessen nach Veröffentlichung meiner Idee. Und eigentlich bin ich in der Erwartung einer weiten Menschentraube hierhergekommen, doch finde hier allein dich vor. Willst du mir vielleicht bei meiner Idee helfen und zeigen, wie juwelen deine Seele glänzt?"

Gegen ihren Willen errötete ihr Gesicht, und charmant lächelte ihr Håvard zu. So schöne für sie gewobene Worte hatte sie noch nicht von vielen Männern gehört, und noch nie in solch einem bezaubernden Gebaren. Seine Worte waren wie in Milch gekleidet, und seine Stimme wie ein Harfenklang. So eine betörende Stimme hatte sie noch niemals vernommen, und binnen Sekunden

verfiel sie diesem hellen Klang. In diesem Zusammenhang erinnerte Håvard Livia an die stolze Figur Sarumans, des obersten Istari und Sekundärantagonisten in dem von ihr erst kürzlich verschlungenem Opus Magnum J.R.R. Tolkiens "Der Herr der Ringe" und dessen größte Macht:
Die Betörung seiner leuchtenden Stimme.

Plötzlich sprach eine andere Stimme, leise und melodisch, allein ihr Klang war eine Verzauberung. Jene, die arglos dieser Stimme lauschten, konnten selten die Worte berichten, die sie gehört hatten; und wenn sie es taten, wunderten sie sich, denn wenig Überzeugungskraft war in ihnen geblieben. Meistens erinnerten sie sich nur, dass es eine Freude gewesen war, die Stimme zu hören; alles, was sie sagte, schien klug und vernünftig zu sein, und der Wunsch erwachte in ihnen, durch rasche Zustimmung selbst klug zu wirken. Wenn andere sprachen, klangen ihre Stimmen im Vergleich dazu schrill und grob; und wenn sie der Stimme widersprachen, entbrannte Ärger in den Herzen jener, die von ihr bezaubert waren.

Es war ihr derzeiten unmöglich, diesem Charme etwas entgegenzusetzen oder gar ihn zu erklären. Viel zu groß war ihre Faszination für diese schallende Magie des eben noch fremden, doch jetzt merkwürdig vertrauten Jünglings, dessen Mantel in Fängen der glänzenden Schneeflocken je nach Position in unterschiedlichen Farben strahlte und Håvard mit einem zauberhaften Schleier, mit der Robe Sarumans höchselbst verhüllte. Mit beinahe schon kindlicher Fröhlichkeit antwortete sie ruhig:

"Schon, sehr gern ... aber was soll ich dafür tun? Sag es mir und ich helfe dir bei deinem Vorhaben ... und sag mir auch noch, woher du meinen Namen kennst!"

Matt blitzten seine Augen auf, und neckisch grinsend deutete er auf ihre Brust. "Dein Name ist auf deine Jacke eingestickt. Und selbstredend weiß ich, dass demnach meine erste Frage zwar etwas redundant, doch eine wesentlich schönere Einleitung unseres gemeinsamen Kennenlernens war, nicht? Und wie du mir helfen kannst ist ganz einfach. Wir verbringen einige Zeit miteinander, und ich schreibe mir hin und wieder einige kleine Handlungen von dir auf, um sie dann in einem Gesamtporträt deines Seelenjuwels literarisch darzulegen. Es geht allein um dich, und ich bin mir sicher, dass gerade dies dem Ganzen Perfektion verleihen wird. Deine Augen verraten es mir."

In seinen Worten tanzte das Begehren, und Livia widerstand mit keiner Faser ihres Herzens. Mit einer von Sprachmagie beflügelten Geschwindigkeit freundeten sie sich an, lachten fröhlich und Livia begann, im Verlauf der weiteren Wochen, eine tiefgreifende Hingezogenheit zu Håvard zu entwickeln; ihre gerade durch erzwungene Drogen betäubte und in einer Seitenstraße Tåkgatas zurückgelassene Freundin Edda hatte sie in diesem Moment vergessen. Doch das spielte ohnehin keine tragende Rolle mehr, denn nachdem Livia von diesem Drogenmissbrauch Kenntnis erlangt hatte, distanzierte sie sich weit von Edda und widmete sich nun noch mehr und intensiver Håvard, dem glänzenden Weißen Zauberer von Storskøtte, wie sie ihn gerne nannte. Gemeinsam verurteilten sie die Schändlichkeit von Eddas Vergehen, und verschworen sich gemeinsam in unbändiger Enttäuschung.

Livia begann mit jedem Tag mehr, sich in den so mystischen und wundervollen Einzelgänger zu verlieben und brannte seinen Namen alsbald in ihr Herz. Sie liebte es, mit ihm zusammen seine immense Sammlung von Büchern durchzustöbern und sich dabei von ihm auf seine eigene magische Art mit seiner bezaubernden Stimme durch diese Welt führen zu lassen. Schnell lernte sie Kjetil Nordheim und dessen Lebenswerk kennen und schnell entwickelte sie, fast ebenso stark wie Håvard selbst, eine Abneigung gegen dessen Großvater Snorre, der für nichts mehr als innere Leere zu leben und eine Geldverschwendung darzustellen schien. Immer mehr eignete sie sich Håvards Lebensweise an und isolierte sich, so gut es ging, zunehmend von anderen Bekannten. Lediglich ihrer Familie blieb sie treu verbunden.

Sie war zu sehr in Liebe versunken, als dass sie irgendetwas hinterfragen würde, so sehr war sie nach den Jahren ihrer Liebe schon im See der Illusion versunken. Und dadurch sollte sie den eigentlichen Auslöser dieser ganzen Bekanntschaft und somit auch den Intoxikator Eddas, des Ursprungs ihrer Isolation, erst viel zu spät erkennen.

III

Es war der 22. November 1990, an dem Ida Ohlin ihre junge Tochter bei der örtlichen Polizei als vermisst meldete. Seit dem Abend des 15. Novembers hatte sie ihre Tochter Livia nicht mehr gesehen, und nach einer Woche war endgültig ihre Geduld am verzweifelnden Ende und sie wählte die 112 schneller als ein Lichtstrahl auf dem Weg zur nächstgelegenen Wand. Die gestandene Hausfrau und schwedische Migrantin hatte nun schon vieles durchgemacht: Ihre jüngste Tochter war an Leukämie gestorben, und ihr ältester Sohn Per war einer Schar von musikalischen Visionären anheim gefallen und war beinahe ohne ein Wort des Abschieds nach Oslo umgezogen. Immer war sie stark geblieben, und immer hatte sie die Dinge auf irgendeine Art verkraftet, doch diesmal war es ihr einfach zuviel. Viel zu viel Angst hatte sie um ihr einziges noch verbliebenes Kind.

Von Emotion und Vergangenheit beseelt hatte sie das gesamte Polizeipräsidium zusamengeschrien und ohne Rücksicht auf die Anderen, in ihren Augen minder Hilfsbedürftige, eine augenblickliche Suche nach ihrer Tochter verlangt. Alle Versuche von Polizeibeamten, sie zu beruhigen, scheiterten kläglich; allein der altgediente Kommisar Gøran Wongraven besaß die nötige Ruhe und das sensible Einfühlungsvermögen, um den Gefühlen Idas gerecht zu werden. Er setzte sich gründlich mit ihrem Problem auseinander und schwor ihr auf die Ehre seines Amtes, dass er sich der Sache so schnell wie möglich annehmen und mit der Suche beginnen würde.

Wongraven war eigentlich viel zu sensibel für seine Arbeit. Er fühlte viel zu sehr den Schmerz und das

Leiden der Betroffenen seiner Fälle, viel zu sehr versank er in fremden Gedanken. Zwar hatte er im Laufe seiner Dienstzeit damit umzugehen gelernt, doch sein Antrieb bestand noch immer aus seiner gewaltigen Empathie. Er klärte Fälle nämlich nicht allein um des Opfers willen, sondern auch wegen sich selbst auf. Ansonsten würde dieser elende Druck, der stetig auf den Säulen seines Herzens lastete, niemals aufhören und ihn in den schieren Wahnsinn treiben.

Es war mittlerweile 19:30 Uhr, und der Mond begann langsam aus seinem Sarg aus Schwarz und Wind emporzusteigen. Hell leuchtend beschien er die Straße, und schien Wongraven direkt ins Gesicht. Seine alten Schweinsäuglein verengten sich schnell, und sein schütteres Haar schimmerte in poliertem Silber. Er hatte allein eine Spur, doch die war recht eindeutig und wahrscheinlich der erste Schritt zur Auflösung dieses Verschwindensenigmas. Livias Mutter hatte davon gesprochen, dass ihre Tochter auf dem Weg zu ihrem festen Freund gewesen sei, als sie sie zum letzten Mal gesehen hatte. Sie wollten den 21. Geburtstag ihres Freundes und gleichzeitig ihren indirekten Jahrestag in seinem Haus zelebrieren ... im Tåkgata.

Nach einigen weiteren Minuten Fahrt erreichte Wongraven die Nummer 93 und schritt langsam an das baufällige Haus heran. Aus einem kleinen Fenster strahlte flackerndes Licht, ansonsten lag das gesamte Gebäude in Dunkelheit und thronte wie ein greiser König auf dem frostzerfressenen Boden. Bedächtig schritt der alte Kommisar die steinernen

Stufen zur Tür hinauf und klopfte mehrmals lautstark an die große Tür und klingelte, nach einigen Fehlversuchen, bei dem düsteren Haus Sturm, doch niemand öffnete ihm. Getrieben durch seine Müdigkeit und den psychischen Druck seiner Empathie trat er kraftvoll die alte Tür ein und schlich paranoid, langsam und mit gezogener Waffe durch das Haus.

Als er im Raum des flackernden Lichtes angekommen war, bot sich ihm ein Schreckensanblick: Auf einem feuchten und von Insekten überzogenen Sessel saß ein zusammengeknickter Leichnahm, der allein durch die tiefe, äußere Kälte des Winters noch nicht vollkommen verwest war. Seine Augenhöhlen waren zerfressen, und aus seinem Magen schlängelten sich ganze Kolonien von Insekten, die sich ihre Nahrung aus seinem toten Fleisch herausschnitten. Er stank nach verrotteten Ratten und stand wie ein Mahnmal des Schreckens im heruntergekommenen Wohnzimmer, wie ein Vorbote der Finsternis.

Wongraven musste sich bei der Kombination von grässlichem Aussehen und ekelhaftem Gestank übergeben und fasste sich erst wieder nach einigen Minuten. Danach jedoch fiel ihm ein kleiner Zettel auf, der auf dem Schoß des Kadavers lag. Schnell und tunlichst darauf bedacht, nicht die Leiche selbst zu berühren, hob er ihn auf. Mit einer gekritzelten Schrift und alter Tinte stand dort geschrieben

Ich hätte den Jungen in der Wiege ersticken und meiner Tochter hinterherschicken sollen. Dann wäre alles besser.

Wongraven wusste damit nichts anzufangen. Schließlich kannte er weder die Identität der Leiche, noch dessen Tochter. Trotzdem steckte er den Zettel in eine kleine Plastiktüte, verschloss diese und brachte sie in seiner Jackentasche in Sicherheit. So schnell wie nur möglich wandte er sich von dem widerwärtig grotesken Leichnahm ab und durchsuchte die weiteren Ecken des Hauses. Im Erdgeschoss lag nichts weiter außer einer kleinen Küche, in der Lebensmittel gemeinsam der vollkommenen Verwesung frönten und Maden in ihren Gedärmen beherbergten, während ein stechender Fermentierungsgestank beißend in die Nase des Kommisars stieg und ihn erneut den Boden mit Erbrochenem pflastern ließ.

Auch von hier wandte er sich schnell ab, huschte die hölzerne Treppe ins Obergeschoss hinauf und fand sich in einem kleinen Flur wieder, zu dessen rechter Wand zwei Türen angebracht waren. Hinter der ersten verbarg sich ein extrem karg eingerichtetes Zimmer, in dem allein ein altes Bett, ein Kleiderschrank aus feuchtem Holz und ein ebenso feuchter Nachttisch ihr elendes Daseins fristeten. Wongraven fand darin nichts von Bedeutung, doch ihn überkam ein düsteres Gefühl von Angst, als würde jemand direkt hinter ihm stehen und seinen alten Rücken belächeln. Und auch tausend Blicke nach hinten und die damit zusammenhängende Feststellung der Abstinenz des furchterregenden Beobachters brachten seiner Angst keine Linderung; sie wurde nur noch intensiver.

Schnellen Schrittes trabte er in den zweiten Raum

des Obergeschosses und stolperte über die Bodenkante in einen immensen Bücherhaufen. Sein Kopf hatte sich an der norwegischen Version von Goethes "Faust" in harten Einband eine langsam wachsende Beule zugezogen. Fluchend trat der erregte Polizist die Unmengen von Büchern hinfort und richtete sich langsam auf. Nach näherer Durchleuchtung des Raums stellte er fest, das dieser beinahe vollkommen mit Büchern gefüllt war: Mittelalterliche Handschriften, zerfledderte Erstausgaben, moderne Sachbücher, Massen an fiktionalen Erzählungen ... die Bibliothek der Ulvtom-Universität umfasste definitiv nicht so viele Originale, die Wongraven hier als solche identifizierte. Erneut fand er auch in diesem Raum, ungeachtet des riesigen, den ganzen Raum ausfüllenden, Bibliophiliegipfels, nichts Besonderes vor und ein kalter Schauer lief ihm über den Rücken. Denn nun verblieb allein der Keller zur Durchsuchung.

Tapfer, doch von Ängsten gepeitscht, schritt Wongraven langsam die knarrenden Treppen herunter und stoppte vor einer alten hölzernen Tür. Sie besaß keine Fenster, doch unter ihr flossen langsam Lichtstrahlen seinen Füßen entgegen. Der alte Kommisar schluckte und hoffte inständig, dass ihn dort niemand erwarten würde. Zitternd entsicherte er seine Pistole, nahm sie fest in beide Hände und stemmte seinen rechten Fuß kraftvoll gegen die knirschende Tür, bis sie schnell aus den Angeln fiel und ein klapperndes Echo durch den schmalen Kellerflur schallen ließ.

Der nun vor ihm liegende Keller ließ ihn augenblicklich die Fähigkeit des Denkens verlieren und gefror sein Blut wie durch Magie zu Eis. Vor ihm hing, in einigen Metern Abstand, ein an Ketten und Eisenstangen gefesselter Körper, unter dem sich eine seeförmige Lache geronnenen Blutes gebildet hatte. Alles an ihm war verstümmelt ... die Arme, Beine, die Brust ... von überall waren Haut und Fleisch entrissen und scheinbar zu einem anderen Zweck verwendet worden. Von unten stierten einige Ratten auf den blutüberströmten Leichnahm und sprangen den teils heraushängenden Gedärmen wie einem finsteren Gott entgegen, dessen sie mit all ihrer Macht habhaft werden wollten. Doch das Schlimmste daran war das fehlende Gesicht. Teile von Schädeldecke und Unmengen von erschlafftem Muskelgewebe ragten ihm entgegen, die Augäpfel lagen noch unberührt in ihren Höhlen und starrten Wongraven mit einem Ausdruck ensetzlicher Marter an. In der grünen Iris lag Enttäuschung, und eine tiefe Trauer.

Gefangen von diesem morbide zugerichteten Körper betrachtete Wongraven dessen Überreste und sein Unverständnis wuchs von Sekunde zu Sekunde. Wozu war dies alles? Wer würde so etwas tun? Um wen handelt es sich bei der Leiche im Wohnzimmer? Wer ist der Mörder? Was soll all diese krankhafte Verstümmlerei? Nichts als Fragen und totale Verlorenheit rasten durch sein zerrüttetes Herz, und noch immer starrte er auf die an der Wand hängende Menschenleiche. Denn mittlerweile hatte er sie wiedererkannt: Diese Augen waren ihm auf Livia

Ohlins Fahndungsbild als Erstes aufgefallen.

Plötzlich und wie von Geisterhand wurde sein Blick von der geschändeten Livia fortgerissen und auf ein gewaltiges Buch auf einem Schreibtisch zu seiner Rechten gelenkt. Es war mittig geöffnet, und mattes Licht von einer Schreibtischlampe fiel auf die langen Seiten des enormen Wälzers. Verwundert ging er auf den niedrigen Tisch zu und begutachtete das Werk. Es war in einer schönen, gestochenen Handschrift geschrieben und schien eine Art Tagebuch zu sein. Jeder einzelne Tag vom 18. Dezember 1987 an war detailliert beschrieben, und in einer wundervollen poetischen Art verfasst, die Wongraven selbst in diesem Schreckenskeller einen Anflug von Freude und Glück spüren ließen.

Der letzte verzeichnete Tag war der 15. November 1990. Der Eintrag war mit Blutspritzern versehen und wesentlich kürzer gehalten als die Vorherigen.

Fünfzehnter November des Jahres 1990

Zwar brennt es mir in der Seele, einen so wundervollen Menschen wie meine Livia meinen eigenen Aspirationen zu opfern, doch anders will es mein und ihr Schicksal nicht! Meinen Auftrag habe ich erfüllt, und mit diesem Machwerk die komplette Seele eines Menschen eingefangen wie in einem Seelenstein, und die physische Gestalt desselben wird sein Einband sein, auf daß es geleimt sei!

Sie alle werden zwar kommen und mich für diese in ihren Augen Schandtat verurteilen, und werden es niemals verstehen. Die mannigfaltige Welt der Bücher hat mich so lange durch mein von Tod und Verwahrlosung bestimmtes Leben gehoben, ich musste diesen Geschöpfen doch etwas zurückgeben. Nicht aus Worten werden Menschen, sondern aus Menschen werden Worte!

Livia ist diesen Weg gegangen, und ich bin voller Bedauern und gleichzeitiger Hocheuphorie. All ihre Tränen habe ich in einer kleinen Phiole gesammelt, und all ihre Schreie in mein Gedächtnis gebrannt. Niemals werde ich sie vergessen; doch ich weiß, dass ich mehr um die versäumte Chance der Erschaffung meines Meisterstücks als um ihren blutigen Leichnahm trauern würde, demnach kann ich mit ihrem Tod noch gut umgehen.

Diese Schrift des Seelenraubs, dieses Werk vollkommener Bücherkunst, es soll den Namen Vinterskrift, die Winterschrift, erhalten, um ihrem Beginn und ihrer Beendigung Ehre zu zollen. Der Sturm wehte kalt und finster an meinem Geburtstag 1987, und er peitschte an meinem Geburtstag 1990 heftig die schwarzen Wolken vom Himmel.

Mein Leben hat nun erst begonnen.

Håvard Øyresk

Über den Inhalt dieser Zeilen verstört klappte Wongraven das schwere Buch zur Verdrängung dessen Inhalts zu und zuckte augenblicklich zusammen, als er den Einband sah. Denn ihm strahlte nun der in Agonie erstarrte Gesichtsfetzen Livia Ohlins entgegen, dessen Augenhöhlen mit hochwertigen Glasaugen bestückt waren und dem alten Beamten die letzten noch verbliebenen Haare zu Berge stehen ließen.

"Ihre Seele ist zu Worten eines Buches und ihr Körper dessen Einband geworden ... ihre Existenz lebt nun allein unter dem Einband ... undercover ...", hauchte er stimmlos, bevor er so schnell wie möglich die Flucht aus dem von Leichen gefülltem Haus antrat und erst im strahlenden Licht der Marktplatzlaternen Verstärkung forderte. Denn das Gefühl eines Verfolgers hatte sich nur noch mehr verstärkt, und würde ihn sein Leben lang nicht mehr loslassen.

Die gelbe Rose
Meike Sommer

Ich blicke vom Bett aus auf die Vase, die auf dem Fensterbrett steht.

Die morgendlichen Strahlen der aufgehenden Sonne brechen durch das Glas, durch das Wasser und spiegeln sich auf der anderen Seite der Wand in Regenbogenfarben.

Die Blume darin, die gelbe Rose, zaubert ein Lächeln auf mein Gesicht. Ich hatte sie von ihr bekommen. Ein Abschiedsgeschenk.

Noch etwas dösig kuschele ich mich in die Bettdecke, die noch immer ihren Geruch trägt. An sie denkend, schließe ich meine Augen, atme tief ein und sehe sie verschwitzt und nackt unter mir liegen. Wieder entflammt die Leidenschaft in mir, die auch mein Zentrum lieblich verbrennt.

Hauchendes Stöhnen verlässt meinen Mund und ich spüre ihre zärtlichen Berührungen auf der Haut, die meinen Verstand in Ekstase versetzt hatten. Ich sehne mich nach ihr.

„Abschied", flüstere ich und sie verschwindet wieder aus meinem Kopf. Dafür hat dieses Wort meine Existenz im Griff; lasse die Bedeutung zu und mein Herz wird von einer kalten Grausamkeit umklammert. Aus meinen Augen schwappt ein salziger Ozean, der die Umgebung verschwimmen lässt, und ich schluchze laut auf.

„Vorübergehender Abschied", denke ich verzweifelt, starre undeutlich zur Decke hinauf.

Ich möchte mich im ewigen Weiß verlieren, darin eintauchen und nie wieder zu mir kommen. Ich will nie wieder zu mir kommen, nie wieder. Aber bald werde ich meine Gefühle abtöten, das weiß ich, wie die gelbe Rose bald ihrem verwelkten Ende entgegensieht.

Dann werde ich in eine andere Welt entschwinden, die keinen Schmerz, keine Hoffnungslosigkeit, keine Sehnsucht kennt. Die einzige Sehnsucht ist der Tod.

Meine Emotionen würden in einer erdigen Tiefe verscharrt, der einem unendlichen Abgrund glich. Dort herrscht ewiger Winter.

Dieser unerwartete Urlaub bringt mich um den Verstand. Eine Woche wollte sie ihre Tante besuchen, für sie wurde es die Ewigkeit und für mich fühlt sich jede Sekunde genau so an. Ohne sie.

Vor meinem inneren Auge sehe ich ihr Gesicht, sie lacht. Ihre schulterlangen Haare versprühen ein freches Lila, das zu ihrem Kleid passt. Die blauen Augen lassen mich fliegen.

„Hätte ich es doch verzögert", lege meine Hand auf die Augen und versuche sie deutlicher zu fühlen. Inneres Weinen trifft mich, während ich in ihren Armen liege.

Doch wollte ich ihr dies nicht verwehren. Sie hatte ihre Tante so lange nicht mehr gesehen.

Wieder blicke ich zur Rose hinüber. Erinnere mich an ihr Versprechen.

„Bevor sie verwelkt ist, bin ich wieder bei dir", erinnere ich mich schmerzlich an ihre letzten Worte, bevor sie mich geküsst hatte. Ich grinse gequält und versuche, nicht daran zu denken, versuche die

Tatsache auszublenden, dass es dazu nicht mehr kommen wird. Ich vermisse sie so sehr.

Ich halte es nicht mehr aus und aus meinem Gewimmer wird lautes Schluchzen, das ich lieber meinem Kopfkissen mitteile, habe keine Lust darauf, dass meine Mutter mich hört. Sie will immer über alles reden, analysieren, besprechen. Ich will mit niemandem sprechen.

Möchte nur allein sein.

Plötzlich springt mein Funkradio an, das sich auf dem Nachttisch befindet. Die Erkennungsmelodie meines Lieblingsradiosenders ertönt und eine Stimme dringt blechern aus den Lautsprechern: *„Ich wünsche euch einen guten Morgen, es ist der 12. September. Das Wetter wird heute wechselhaft, aber dazu später mehr."*

Die Melodie verschwindet im Hintergrund, macht einer Stille Platz, die unerträglich ist. Die Stimme ertönt wieder: *„Noch immer sind die Rettungseinheiten am Unglücksort damit beschäftigt..."*

Mein Verstand setzt aus.

Ich blicke vom Bett aus auf die Vase, die auf dem Fensterbrett steht. Die Sonnenstrahlen der aufgehenden Sonne brechen durch das Glas, durch das Wasser und spiegeln sich auf der anderen Seite der Wand in Regenbogenfarben.

Die Blume darin, die gelbe Rose, zaubert ein Lächeln auf mein Gesicht. Ich hatte sie von ihr bekommen.

Ein Abschiedsgeschenk.

Das Archiv
Horrorcocktail

»Ich möchte Sie schon einmal vorwarnen, Herr Mousai«, betonte Stendahl. »Bitte erschrecken Sie nicht. Der Anblick ist wirklich überwältigend und für viele Menschen, nun ja, ein wenig verstörend«, sagte der alte Bibliothekar zu seinem Begleiter. Die Türen schlossen sich hinter ihnen und der Aufzug begann, in die Tiefe zu gleiten. »Als ich das Archiv zum ersten Mal betrat und mir seiner Dimensionen bewusst wurde, war ich so ergriffen, dass ich eine halbe Stunde lang geheult habe wie ein Schlosshund; das gebe ich offen zu. Was hat man Ihnen beim Vorgespräch über unser Archiv erzählt?«

»Nicht viel«, erwiderte der junge Mann. »Die Damen und Herren taten sehr geheimnisvoll. Man sagte mir nur, dass es sich um die größte Sammlung antiker und mittelalterlicher Schriften weltweit handele. Ehrlich gesagt halte ich das für eine Übertreibung, um meine Neugier zu wecken. Wie ich Ihnen bereits erzählte, bin ich Altphilologe, und ich habe während meines gesamten Studiums und auch danach nichts von dieser Einrichtung gehört.«

William Stendahl lächelte verdrießlich. »Ja, es ist erstaunlich, dass dieser Ort hier so wenig bekannt ist - zumal wir uns nicht gerade um Geheimhaltung bemühen. Wenn es nach mir ginge, würde ich den Besuch unserer Bibliothek für alle Schulkinder zur Pflicht machen. Und wenn ich ‚**alle**' sage, mein Freund, dann meine ich ‚**alle**'.«

Thomas Mousai grinste. »Es wäre ein ziemlicher

Aufwand, alle Schüler unseres Landes hierherzubringen. Zumal mit diesem Aufzug.« Er schluckte, um den Druck auszugleichen. »Wie tief sind wir jetzt?« – »Ein paar hundert Meter unter der Oberfläche«, erwiderte Stendahl. Ohne den geringsten Anflug von Humor setzte der alte Mann hinzu: »Und ich meinte nicht alle Schüler unseres Landes, sondern alle Schüler auf diesem Planeten.«

Mousai blieb kurz der Mund offen stehen. »Ist das Ihr Ernst?«, fragte er verblüfft. Der Bibliothekar blickte ihn grimmig an. »Mein voller Ernst«, sagte er. »Sie werden es verstehen, wenn ich Ihnen mehr über unser Archiv erzählt habe.« Der alte Mann schloss kurz die Augen und sammelte sich. Dann begann er zu sprechen.

»Sie werden mir wahrscheinlich nicht glauben, was ich Ihnen jetzt sage, Herr Mousai, aber unsere Bibliothek ist eine vollständige Sammlung aller literarischen und wissenschaftlichen Werke, die jemals dem Wahn der Inquisitoren und Bilderstürmer, der Tugendwächter und Bücherverbrenner zum Opfer gefallen sind. Von jedem Werk, das Ignoranten, Barbaren, weltanschauliche und religiöse Fanatiker jemals der Vernichtung anheimfallen ließen, finden Sie bei uns ein Exemplar. Alles, was von diesen Schriften übriggeblieben ist, ist bei uns erhalten. Sie werden es ja in Kürze selbst sehen.«

Der Philologe war sprachlos. Entweder hatte dieser alte Mann den Verstand verloren oder er war im Begriff, die größte wissenschaftliche Sensation, die er sich nur vorstellen konnte, persönlich in Augenschein nehmen zu dürfen. Als Stendahl das

Staunen im Gesicht des jungen Mannes sah, gelang es ihm zum ersten Mal seit Beginn des Gespräches, ohne Bitternis zu lächeln. »Ich weiß, es klingt unglaublich. Der heutige Termin hat nur den Zweck, Ihnen einen ersten Eindruck über den Umfang ihrer Aufgabe hier zu verschaffen. Wenn Sie die Stelle annehmen, bleibt uns noch genug Zeit, über das Zustandekommen dieser Einrichtung zu plaudern.«

Die Fahrt verlangsamte sich und die Kabine kam zur Ruhe. »Da wären wir«, meinte Stendahl, als sich die Türen des Fahrstuhls öffneten. »In diesem Vorraum hier können die Mitarbeiter ihre mitgebrachten Taschen und ähnliches unterbringen und sich umziehen. Es gibt keine Kleiderordnung, aber wie Sie Sich denken können, unterscheidet sich das Wetter draußen oft erheblich von den Gegebenheiten hier unten. Der Raum dient gleichzeitig als Klimaschleuse. Durch die Lage im Berg sind die atmosphärischen Bedingungen bereits sehr ausgeglichen, aber der Aufwand, der betrieben werden muss, um ein für den Erhalt der Sammlung optimales Klima zu schaffen, ist immer noch gespenstisch.«

Der alte Mann führte Mousai zu einem Regal, in dem eine Reihe mit Namensschildern versehener Boxen stand. Er griff in eine mit *William Stendahl* beschriftete Kiste und deutete auf eine andere, welche den Titel *Gäste* trug. »Die Handschuhe werden jedem Mitarbeiter zur Verfügung gestellt. Sie werden also immer eine ausreichende Anzahl steriler Handschuhe in der optimalen Größe und Passform vorfinden. Wenn Sie etwas für sich gefunden haben, kommen wir also nun ins Allerheiligste.«

Sie traten durch eine Tür in einen kurzen Gang, der an einer weiteren, mit einer elektronischen Sicherheitsvorrichtung versehenen Tür endete. Der Bibliothekar gab einen Zahlencode ein, blickte direkt in die Kamera des Gerätes und sagte langsam und betont: »Anzahl. Zwei. Person Eins. Stendahl. William. Mitarbeiter. Person Zwei. Mousai. Thomas. Gast.« Ein leises Zischen ertönte, als die klimatische Versiegelung geöffnet wurde. Ein Elektromotor brummte kaum vernehmlich. Der junge Philologe hielt unwillkürlich den Atem an, als die Tür wie von Geisterhand bewegt aufschwang und den Blick in das Sanktuarium freigab.

Die Halle war gewaltig. Man sah lange Reihen von Regalen, gefüllt mit losen Blättern, Papyrus-Rollen, dicken Folianten und Kodizes aller Größen und Formen, während sich das Ende des Raumes im Halbdämmer verlor. Mousai war wie vom Donner gerührt. »In diesem Saal sind ausschließlich griechische und römische Werke«, bemerkte Stendahl. »Die persischen und arabischen Schriften befinden sich in den Stockwerken unter uns, ebenso wie die Aufzeichnungen aus Mittel- und Südamerika, Afrika und dem asiatischen Raum. Und natürlich Werke aus dem sonstigen Europa sowie der übrigen Welt – auch solche, die wir noch nicht zuordnen konnten. Nur um Ihnen einen ganz groben Überblick zu verschaffen. Man könnte sagen, wir sind ziemlich international aufgestellt.«

Der alte Mann machte eine Pause und betrachtete den sprachlosen jungen Mann an seiner Seite. »Wir sind hier immer noch beim Sichten und Katalogisieren«, fuhr er fort. »Und in einigen Etagen, in denen die Sprachen nicht endgültig entziffert sind, haben wir noch nicht einmal angefangen. Aber haben Sie keine Scheu. Treten Sie ruhig näher.« Mousai fand endlich seine Sprache wieder. Stockend fragte er: »Ist es möglich, einige Werke... in Augenschein zu nehmen?«

Stendahl lächelte milde. »Selbstverständlich, mein Freund. Sie dürfen **alles** hier in Augenschein nehmen. Wie sonst sollten Sie ihre Aufgabe denn erfüllen können? Haben Sie für den Anfang einen bestimmten Wunsch? Vielleicht die verschollenen Epen des Eumelos von Korinth? Die vernichteten Schriften der Hypatia von Alexandria? Aristoteles' zweites Buch der Poetik? Oder bevorzugen Sie es, ein wenig in den Werken jener zu stöbern, von deren Existenz Sie bis jetzt noch nicht einmal ahnen?«

Das Herz des jungen Philologen pochte vor Erregung. Er rannte beinahe auf das vorderste Regal zu, nur um dann in demütigem Abstand davor zu verharren. Er wandte sich zu dem alten Bibliothekar um, sich vergewissernd, dass es sich nicht nur um einen Scherz gehandelt hatte. Stendhal lächelte wehmütig, dann nickte er ihm aufmunternd zu. Ehrfürchtig trat Mousai näher an das Regal heran und genoss stumm den Anblick, der sich ihm bot. Er schloss die Augen und sog tief das Odeur vergangener Äonen in sich ein. Mit unendlicher Zärtlichkeit berührte er wahllos einen der Folianten, hob ihn hoch und bettete ihn vorsichtig auf einen der Tische, die in regelmäßigen Abständen zwischen den Regalreihen aufgestellt waren.

Der Philologe setzte sich an den Tisch, schloss die Augen und öffnete behutsam das mittelalterliche Buch. Er genoss den Moment der Vorfreude, kostete ihn aus, solange es ging. Dann öffnete er die Augen wieder und betrachtete die vor ihm liegenden Seiten. Obwohl der alte Bibliothekar an seinem Platz zurückgeblieben war, konnte er dennoch die Verwirrung im Blick des jungen Mannes erkennen. Mousai blätterte vorsichtig um. Ungläubig fuhr sein Blick über das vergilbte Pergament, dann schlug er die nächste Seite auf. Immer hastiger durchblätterte er den uralten Folianten.

Stendahl war unhörbar hinter ihn getreten. »Wie ich Ihnen bereits sagte«, flüsterte er tonlos: »Alles, was von diesen Schriften übriggeblieben ist, ist bei uns erhalten. Sie befinden sich in dem größten Monument menschlicher Dummheit, das es je gegeben hat.« Thomas Mousais Arme waren heruntergesunken. Apathisch starrte er das Buch an, welches stumm vor ihm auf dem Tisch lag. Dann begann er hemmungslos zu weinen. William Stendahl sagte nichts. Sanft legte er seine Hand auf die Schulter des Philologen und wartete. Etliche Minuten lang stand er so da, und das Schluchzen des jungen Mannes erfüllte als einziger Laut dieses unterirdische Mausoleum leerer Seiten.

Wir
Sebastian Koch / Schattentänzer

Als wir noch jung waren, nahmen wir uns was wir wollten.

Als wir noch jung waren, rannten wir durch Wälder - Immer auf der Suche nach Fleisch.

Doch Zeiten ändern sich. Wir wurden älter. Auch wenn wir zum ewigen Leben verdammt sind, altert unser Körper. Doch weder durch unser Alter, noch durch Gifte konnten wir sterben. Wir zogen uns zurück, lernten und studierten den Menschen. Wir erfuhren was die Menschen erschufen, Stonehenge, die Pyramiden von Gizeh und einiges Weitere. Wir waren zu dritt und wir waren eine Spezies, die sich selbst noch nicht verstanden hatte.

Im 16. Jahrhundert kamen oft Menschen zu uns und fragten uns um Rat. Sie brachten uns Opfergaben, um uns zu besänftigen. Sie nannten uns Götter und wir akzeptierten dies. Doch nicht immer wussten wir, auf ihre Fragen einen Rat. Dies erzürnte die Menschen. Sie rotteten sich zusammen und versuchten uns zu töten. Sie kamen in unsere Höhle und hetzten ihre Bestien auf uns. Wir trugen zahlreiche Verletzungen davon. Viele am Körper doch auch in der Seele. Wir halfen diesem Volk beim Aufstieg und es versuchte uns zu vernichten? Nein, so nicht. Nach einem langen Kampf flohen wir in unsere Wälder, um uns einen Vorteil verschaffen zu können. Aber sie folgten uns, wie die Jagdhunde einem Fuchs. Doch entpuppte sich der Fuchs als Bär.

Die *"Menschen",* die Worte erschaffen und nicht

wissen was sie bedeuten.
Die *"Menschen"*, die keine Ehre besaßen und untereinander mordeten.
Die *"Menschen",* die nun auch uns töten wollten, weil wir anders waren.
Die *"Menschen",* die nun … tot sind.
Es ging alles sehr schnell. Wir schlitzten ihnen die Kehlen auf wie eine Katze bei einem Rotkehlchen. Eine Kehle nach der anderen. Der Boden war rot vom Blut. Und ich fühlte. Ich fühlte das, was ich seit tausenden von Jahren nicht gefühlt hatte. Ich fühlte mich jung. Es war ein berauschendes Gefühl. Es war als würde ein Hungriger seit Jahren wieder etwas zu essen bekommen. Es war wie wenn man ein Buch liest und die letzten Seiten nahen.
Doch nach Jahren des Vergessens sehe ich auch das Ende meiner Vernunft nahen.
Ich wünschte, mir wäre mehr Zeit vergönnt, um den Menschen hier erzählen zu können, was wir waren, und wie alles entstand. Wie es sich anfühlte zu töten und was ihr Sinn des Lebens war. Doch ich fühle, wie der Hunger an mir nagt und ich verlange nach …

FLEISCH!

Alien-Hand-Syndrom
Eisengroud

Dies soll mein Abschiedsbrief sein, mit dem ich hoffe, alles zu erklären. Mein Name ist Laura und dies hier ist meine Geschichte:

Bis zu meinem sechsten Lebensjahr, verlief meine Kindheit wundervoll. Ich hatte liebevolle Eltern, die viel Zeit mit mir verbrachten und sich gut um mich kümmerten. Wegen ihrer Arbeit waren sie zwar nicht immer da, aber wenn, dann umsorgten sie mich. Es war schön. Aber alles änderte sich an jenem Tag. Ich war grade mal 6 Jahre alt und leichtsinnig. Auf dem Weg zum Spielplatz ging ich über die Straße, ohne nach links und rechts zu sehen und da war es passiert. Ein LKW rammte mich.

2 Wochen lag ich im Koma. Meine Eltern kamen mit Tränen im Gesicht auf mich zu gerannt, als ich aus dem Koma erwachte. Der Arzt erklärte ihnen, dass mein Frontallappen schwer beschädigt sei und ich noch einige Wochen im Krankenhaus bleiben müsse, damit sie meinen Zustand beobachten können. Die Zeit im Krankenhaus war schlimm. Leider hatten mir die Ärzte nicht gesagt, dass ein Schaden am Frontallappen Koordinationsschwierigkeiten mit sich bringt, weswegen ich bei meinen Wanderungen durchs Zimmer häufig hinfiel. Manchmal wurde mir schwindlig und ich musste mich setzen. Doch am schlimmsten waren meine Alpträume. Ich träumte häufig von einem Insekt, das sich in meine Hand bohrte und die Kontrolle übernahm. Es fühlte sich

immer so real an und nicht wie ein Traum. Meine Eltern besuchten mich jeden Tag, nach ihrer Arbeit, im Krankenhaus, um zu sehen, wie es mir geht. Als ich aus dem Krankenhaus entlassen wurde, musste ich gleich in die Reha, damit ich lerne, mit dem Koordinationsproblem umzugehen. Ich weiß noch, dass das Schlimmste daran war, dass ich deswegen nicht eingeschult wurde und erst ein Jahr später in die Schule durfte. In der Reha bemerkte ich es zum ersten Mal. Meine linke Hand tat etwas, von dem ich gar nicht wollte, dass sie es tut. Ich malte gerade ein Bild und meine linke Hand fing an das Blatt zu zerknittern. Ich sagte es meinen Pflegern, doch die meinten, das wären bloß Nachwirkung und wenn ich mich bei der Reha anstrengen würde, würde alles wieder gut werden.

Nun ja, die Reha hatte ich hinter mir und tatsächlich konnte ich wieder vernünftig leben, allerdings gab es hin und wieder Vorfälle, bei denen sich meine linke Hand bewegte, ohne, dass ich es wollte. Vor meinen Eltern verschwieg ich es, damit sie sich keine Sorgen machen mussten.

Als ich endlich mit sieben Jahren eingeschult wurde, freute ich mich sehr. Doch die Freude hielt nur für die ersten zwei Wochen an. Die anderen Kinder ärgerten mich, weil ich schon älter war als sie. Es war eine schwere Zeit mit den anderen Kindern, aber trotzdem fand ich ein paar Freunde. Beim Sport machte es sich hin und wieder bemerkbar, dass meine linke Hand ihren eigenen Willen zu haben schien. So zog sich meine linke Hand beim Volleyball von selbst nach unten oder beim Fußball stieß sie jemanden weg. Ich wusste nicht, was mit mir los war. Die Jahre gingen vorüber. Irgendwann fing ich an zu glauben, dass es einfach ein Reflex wäre und durch den Schaden an meinem Frontallappen verursacht wurde.

Mit 14 Jahren war ich in der 7. Klasse. Beim Umziehen für den Sportunterricht passierte es. Meine linke Hand schnellt nach vorne und streichelte die Brust eines anderen Mädchens. Es war mir peinlich, ich lief rot an, nahm meine rechte Hand und drückte meine linke nach unten. Obwohl ich mich mehrfache entschuldigte, nahm sie es mir trotzdem böse. Das Ereignis machte schnell die Runde und viele meiner Mitschüler lachten über mich. Einige behaupteten, dass ich nicht ganz richtig im Kopf wäre, ich verrückt sei oder gar eine Spinnerin. Wie hart doch manche Worte sein können. In der 8. Klasse kam es dann zu einem weiteren, schweren Vorfall. Ich wollte gerade etwas an die Tafel schreiben. Meine linke Hand preschte wieder nach vorn und schlug gegen die Tafel, welche daraufhin Risse bekam. Meine Hand fing an zu bluten. Die Lehrerin ging mit mir ins Sekretariat, um meine Verletzung zu behandeln. Sie fragte mich mit ernster Stimme, warum ich das getan habe. Ich dachte, sie würde es verstehen und so sagte ich ihr, dass meine linke Hand sich manchmal von selbst bewegt. Sie sah mich nur ungläubig an und schickte mich zu unserer Schulpsychologin.

Die Schulpsychologin war eine dürre und nette Frau, so etwa Ende 40. Ich erklärte ihr den Umstand mit meiner Hand, woraufhin sie nickte. Ich fühlte mich bei ihr geborgen. Als ich mit meiner Erklärung fertig war sagte sie, dass ich zu einem anderen Psychologen müsse und dass ich mir das nicht einbilden würde. Sie erklärte mir, dass meine Symptome dem des Alien-Hand-Syndrom entsprechen, welche bei einer schweren Hirnverletzung auftreten können, allerdings würde das Alien-Hand-Syndrom nach kurzer Zeit selbstständig wieder verschwinden, aber von einem so langen Fall von dieser Krankheit hatte Sie auch noch nie gehört. Sie rief natürlich auch meine Eltern an, um sie darüber in Kenntnis zu setzen. Sie waren fassungslos und konnten nicht verstehen, wie das passieren konnte, aber der Unfall hatte sich bei mir eingebrannt und so kam ich gleich auf die Idee, dass es durch den Hirnschaden von damals kam.

Meine Eltern suchten lange nach einem Psychologen, der sich mit meinem Fall befassen wollte. Viele lehnten ab, da die Krankheit nicht ausreichend erforscht wäre und sie nicht wüssten, wie sie es behandeln sollen. Jedoch fand ein Psychologe den Fall interessant und wollte mir helfen. Sein Name war Herr Nox. Ich hatte ein paar Sitzungen bei ihm und er probierte einiges. Hypnose, Schocktherapie und andere Dinge, von denen ich nicht viel verstand. In der Schule wurde es immer schwerer für mich. Irgendwer fand heraus dass ich zum Psychologen musste und viele lachten mich aus, weil ich jetzt einer dieser Psychos war. Ich wurde immer mehr zum Außenseiter und war häufig allein. Herr Nox war nach einem Jahr mit seinem Latein am Ende. Als der Psychologe mir das sagte, war er sehr blass und schien sich vor etwas zu fürchten. Er gab mir aber ein Armband mit einer Kette, mit dem ich meine Hand an der Hose festmachen konnte. Eine provisorische Lösung, damit meine Hand nichts von allein tun konnte und ich mich und andere nicht verletzen kann. Als er das mit dem Verletzen erwähnte, schluckte er und rieb sich sein Handgelenk. Was er damit meinte, wusste ich noch nicht, aber akzeptierte es. Ich fing an, meinen Tagesablauf so zu gestalten, dass ich alles mit einer Hand schaffte. Nur zum Schlafen und Waschen nahm ich die Kette von meiner linken Hand ab.

Ich machte meinen Schulabschluss und danach wurde es wieder hart. In den Vorstellungsgesprächen musste ich den Chefs erklären, dass ich meine linke Hand nicht benutzen konnte. Die Meisten lehnten ab. Ich konnte sie verstehen. Wer will schon eine Frau, die nur einen Arm und einen Hirnschaden hat? Trotzdem machten mich die vielen Absagen traurig. Doch das Glück war mir hold. Ich schaffte es, eine Ausbildung in einer IT-Firma zu bekommen.

Auf der Arbeit und in der Berufsschule sahen mich alle komisch an. Nur weil ich meine linke Hand an meiner Hose angekettet hatte. Manchmal versuchte meine linke Hand immer noch etwas zu tun, wurde aber von der Kette abgehalten. Das Programmieren mit einer Hand war nach kurzer Zeit einfach. Es wirkte auf alle anderen befremdlich. Doch nach einiger Zeit schien es sie nicht mehr zu stören. Auf der Arbeit begannen gute Zeiten für mich. Meine Kollegen entwickelten Verständnis für meine Krankheit und ich freundete mich mit vielen an. Nur in der Berufsschule sahen mich noch viele komisch an. Ich ignorierte sie. Es war mir inzwischen egal was andere dachten.

Irgendwann machte ich meinen Abschluss. Mein Chef fand mich auch gut und übernahm mich in der Firma als Grafikdesignerin. Es war die schönste Zeit. Ich musste mir keine Gedanken mehr über meine linke Hand machen, denn sie war ja in Ketten gelegt, wie dieser Wolf aus der nordischen Mythologie.

Als ich 25 war, lernte ich Paul kennen. Paul war in der Firma als Elektrotechniker tätig. Wir trafen uns zufällig in der Caféteria und unterhielten uns. Er war mein erster richtiger Freund. Mit der Zeit vertiefte sich unsere Beziehung und Paul zog irgendwann zu mir. Nach einer Woche des Zusammenlebens, fingen die Dinge an merkwürdig zu werden. Paul wollte, dass ich meine linke Hand auch beim Schlafen ankette. Ich fragte ihn natürlich warum, aber er meinte nur, sie mache ihm Angst. Ich tat es für ihn, aber trotzdem fing er damit an, nicht mehr mit mir im selben Bett schlafen zu wollen. Erst da fielen mir die blauen Flecke an seinem Körper auf. Ich sprach ihn darauf an, ob meine Hand ihm das angetan hatte. Er wurde blass und schüttelte den Kopf, trotzdem sagte mir etwas, dass er log. Wie konnte meine Hand ihn aber verletzen, wenn sie angekettet war? Ich sprach Paul mehrfach drauf an, bekam aber nie eine hilfreiche Antwort. Nach vier Jahren unserer Beziehung verließ er mich. Für mich brach eine Welt zusammen. Ich weiß noch wie er sagte: "Es ist aus mit uns, ich halte das nicht mehr aus." Ich hakte nach und Paul wurde blass und fing an zu weinen. " Deine linke Hand. Du bist nicht krank. Sie ist ein Teufel oder ein Dämon oder sowas. Ich halte es nicht aus."

Ich konnte nicht mehr schlafen und fing seitdem an nachts durch die Stadt zu wandern. Irgendwann, ich weiß nicht mehr genau wann, kam eine Gruppe von Männern auf mich zu. Sie umzingelten mich und fragten ob ich nicht mit ihnen gehen möchte. Panik übermannte mich und ich brachte nur ein leises "Nein" raus und zog meine Hände schützen hoch. Meine linke Hand wurde aber von der Kette festgehalten und die Männer fingen an zu lachen. Einer packte meinen rechten Arm und hielt mich fest. Ein anderer löste meine linke Hand und packte fest den linken Arm. Mir liefen Tränen übers Gesicht und ich verschloss die Augen. Auf einmal merkte ich, dass mein linker Arm wieder frei war und die Männer still wurden. Vorsichtig öffnete ich meine Augen und erkannte, dass der, der meinen linken Arm festhielt, vor mir auf dem Boden saß. Einer von ihnen holte mit der Faust aus und wollte mich schlagen, doch meine linke Hand blockte ihn ab und schlug ihn nieder. Ein weiterer stürmte auf mich zu, meine linke Hand packte ihn, hob ihn hoch und warf ihn mühelos weg. Ich war genauso überrascht wie die Männer, wie stark diese Hand ist. Die Männer rannten weg und ich blieb allein zurück. Ich wusste nicht mehr, was mit meiner Hand eigentlich los war. Das konnte doch keine Krankheit sein, oder doch?

Ich ging nach Hause und entschied mich, dass es so nicht weitergehen konnte. Ich entschloss mich, nach diesen Vorfällen, selbst Forschungen anzustellen. Als Erstes wollte ich meinen ehemaligen Psychologen aufsuchen. Er hatte immer noch seine Praxis und so ging ich zu ihm, in der Hoffnung, etwas zu erfahren. An der Rezeption sagte man mir, dass sie ohne Termin nichts machen könnten. Zufällig kam der Herr Nox gerade aus seinem Arbeitszimmer. Er sah mich und wurde blass. Sein Blick fiel als Erstes auf die Kette an meiner linken Hand. Erst als er die Kette erblickte, schien er wieder atmen zu können. Ich sagte ihm, dass ich Nachforschungen über meine Krankheit betrieb. Er sagte mir, dass er leider keine Zeit hätte, aber wir später reden könnten. Er nahm einen Zettel und schrieb einen Treffpunkt und eine Uhrzeit auf. Ich traf ihn wie vereinbart. Wir waren bei einem anderen Psychologen, namens Herr Perdo in der Praxis. Herr Nox erklärte ihm die Situation. Herr Perdo erklärte mir, dass er sich um Herrn Nox kümmerte, seit er mich nicht mehr therapierte. Herr Nox erzählte mir, dass ich unter Hypnose anfing merkwürdig zu werden. An das eine Mal erinnerte er sich gut. Ich hätte ihn mit einer tiefen und männlichen Stimme angeschrien. Er hätte aber die Sprache nicht verstanden. Meine linke Hand hatte ihn damals an seinem rechten Handgelenk gepackt und mit unsagbarer Kraft zugedrückt. Herr Nox musste sein Handgelenk bei einem Chirurgen behandeln lassen. Seitdem hatte er mich immer, wenn er mich hypnotisierte, fixiert. Herr Perdo erklärte mir, dass noch kein Psychologe so einen Fall gehabt hätte. Er riet mir, einen Pfarrer aufzusuchen. Ich war entsetzt als ich das hörte, aber Herr Perdo versicherte mir, dass ein Geistlicher mir weiterhelfen könne. Bei meiner Krankheit würde mir niemand sonst helfen können.

Als meine Sitzung mit den beiden Psychologen zu Ende war, fühlte ich mich betrogen. Dachten Sie jetzt allen Ernstes ich bräuchte einen Exorzisten? Ich entschied mich, lieber erstmal zu einem Arzt zu gehen und meine Hand von einem Profi untersuchen zu lassen. Mein Hausarzt war einverstanden und fing mit ein paar Tests an. Als er allerdings eine Hautprobe von meiner linken Hand machen wollte, ging der Schreck los. Er gab mir ein Schmerzmittel damit ich nichts spürte. Aber als er mittels einem Skalpell zu meiner linken Hand ging, fing diese wild an zu zucken. Der Arzt fixierte meine Hand am Stuhl und wollte fortfahren, aber meine Hand versuchte sich zu wehren. Der Arzt sagte, dass er die Probe so nicht nehmen könne, aber die anderen Tests würden Aufschluss geben. Nach 2 Monaten des

Wartens waren die Ergebnisse da. Ich war vollkommen in Ordnung, bis auf einen kleinen Schaden am Frontallappen. Der Arzt sagte mir nur noch, dass er bei diesem Ergebnis nicht wüsste, wie er mir helfen könne. Mir fielen wieder die Psychologen ein; und so begann ich in die Kirche zu gehen. Dort traf ich Pfarrer Nicolai. Ich erklärte ihm meinen Fall und er hörte mir aufmerksam zu. Es tat gut und ich weiß noch, wie mir beim Erzählen Tränen übers Gesicht liefen. Seine Worte werde ich nie vergessen: "Ich bin da, um Ihnen Gott nahezubringen. Für Ihr Seelenheil kann ich beten und mir Ihre Geschichten anhören, aber ein Wunder vollbringt nur der heilige Herr. Doch werde ich versuchen Ihnen zu helfen." So trat ich der katholischen Kirche bei.

Ich begann ein Leben als fromme Christin zu führen. An meiner Kette trug ich jetzt immer ein goldenes Kruzifix. Der Pfarrer weihte sogar meine Hand, aufdass kein Dämon in ihr sei. Endlich schien alles gut zu werden. Seit einem guten Jahr war meine linke Hand ruhig und zeigte kein abnormales Verhalten. Eine innere Stimme sagte mir, dass ich sie trotzdem angekettet lassen sollte. In dem Gotteshaus lernte ich Klaus kennen. Er war neu in der Stadt und sollte für die Kirche eine neue Statue anfertigen. Ich verliebte mich in ihn und seine Kunst. Klaus zeigte rasch Verständnis und auch eine gewisse Faszination für meine Krankheit. Wir waren ein halbes Jahr zusammen als er mich bat, meine linke Hand los zu machen. Er meinte, wenn sie einen Pinsel führen könnte, könne sie eine einzigartige Kunst erschaffen. Ich versuchte seit Jahren wieder meine linke Hand zu bewegen. Es war ungewohnt, aber es ging. Vorsichtig nahm ich den Pinsel und setzte ihn auf das Papier, das vor mir lag. Klaus ging hinter mich und hielt mir die Augen zu. Ich weiß noch wie er sagte: " Denke nicht. Zeichne intuitiv." Ich tat was er sagte. Als ich den Pinsel absetzte, sah ich ein Symbol, das ich nicht kannte, aber ein Gefühl von Unbehagen in mir weckte. Paul sah mich skeptisch an und wollte wissen was ich gemalt hätte, aber ich konnte es ihm nicht sagen, weil ich es selbst nicht wusste. Wir entschieden uns, das Symbol zu kopieren und herauszufinden, was es darstellte. Meine linke Hand kettete ich wieder an. Auf der Arbeit konnte mir niemand helfen. Keiner schien zu wissen, was ich gemalt hatte. Ich hatte ein Treffen mit Pfarrer Nicolai. Ich zeigte ihn das Symbol, aber er wollte nicht mal den Zettel in die Hand nehmen. Er sagte mir kurz und knapp, "Dieser Zettel ist Teufelswerk. Es ist das Zeichen des Seelenverschlingers." Ich erklärte ihm, dass meine linke Hand das unterbewusst gemalt hatte. Er ging, ohne auf die Erklärung einzugehen. Er verabschiedete sich mit einem: " Möge Gott Ihnen beistehen." Dann bekreuzigte er sich.

Zu Hause traf ich Klaus und erzählte ihm was mir bei Pfarrer Nicolai passiert war. Klaus nahm mich an dem Tag in den Arm. Ich merkte damals, dass meine linke Hand wieder zu zucken begann, ohne dass ich es wollte. Klaus schlug aber vor, dass ich mehr solcher Bilder malen sollte. Sie würden mir etwas über mich verraten und mir vielleicht Auskunft über das Alien-Hand-Syndrom geben. Ich liebte Klaus für seine Fürsorge und das Verständnis, das er mir entgegenbrachte. Ich folgte seinem Rat und ging einmal pro Woche zu ihm ins Atelier. Dort hatte er für mich eine Staffelei aufgebaut, die mir beim Zeichnen helfen sollte. Ich versuchte jedes Mal, es so zu machen, wie beim ersten Mal. Ich schloss die Augen und ließ meine linke Hand einfach machen. Mir machte es Spaß. Klaus fand die Bilder seltsam. Er sah in ihnen scheinbar Symbole und eine ihm unbekannte, uralte Sprache. Pfarrer Nicolai besuchte uns beide einmal im Atelier. Er wollte die Bilder sehen. Als wir sie ihm zeigten, bekreuzigte er sich und wurde sehr blass. Schweiß lief über seine Stirn und er sah mich schockiert an. Ich kann mich ganz genau an seine Worte erinnern. Es war das erste Mal, dass ich ihn aggressiv erlebte. "VERBRENNT DIESES TEUFELSWERK. DER HERR DULDET SO ETWAS NICHT BEI DEN GLÄUBIGEN. HERR DER DU BIST IM HIMMEL, GEHEILIGT WERDE DEIN NAME, DEIN REICH KOMME, WIE IM HIMMEL, SO AUCH AUF ERDEN." Es dauerte, bis er sich beruhigt hatte und wir ihn fragen konnten was mit ihm los war. Er erklärte mir das auf den Bildern die Sprache Henoch´s zu sehen sei. Dies sei etwas, das ich unterlassen soll. Er würde mir Hilfe besorgen. Klaus und ich waren schockiert. Wie konnte meine linke Hand so etwas von selbst zeichnen? Ich verstand die Sprache nicht, aber dafür gab es ja Google. Ich war schockiert was ich da fand. Viele Dinge konnte ich gar nicht aussprechen. Aber was daran so schlimm war verstand ich nicht. Ich fand heraus, dass die Sprach eigentlich dazu diente, mit Engeln in Kontakt zu treten. Die Sprache wandelte sich allerdings im Laufe der Zeit und galt jetzt als die Sprache der Magie. Ich verstand was mit Pfarre Nicolai los war, als ich den Namen Lavey fand. Für die, die es nicht wissen: Lavey schrieb die satanischen Schriften. Bei der Recherche fiel mir wieder ein, was Paul damals unter Tränen sagte. Vielleicht war meine linke Hand ja doch von einem Dämon besessen. Ich schüttelte den Gedanken ab, schließlich wurde sie geweiht und auch mit Weihwasser übergossen und das goldene Kruzifix würde doch den Dämon vertreiben. Nach einem Gottesdienst in der Kirch sprach Pfarrer Nicolai mich an. Er habe einen Exorzisten gefunden, der sich mit mir befassen wollte. Ich nahm sein Angebot dankend an. Was hatte ich denn damals zu verlieren?

Der Exorzist stellte sich mir als Herr Axius vor. Er kam vom Vatikan, weil er sich von meinem Fall angezogen fühlte. Er ging mit mir in einen kleinen Raum in der Kirche. In dem Raum hing an jeder Wand ein Kreuz und in der Mitte stand ein Stuhl mit Arm- und Fußfesseln. Von der Decke hing eine einzelne Lampe. Der kleine Tisch neben der Tür fiel mir erst auf als Herr Axius einen Audiorekorder auf diesem aufbaute. Er wollte, dass ich mich auf den Stuhl setzte und mich fesseln ließ. Es wäre zu meinem und auch seinem Schutz. Ich weiß nur noch, dass er anfing etwas aus der Bibel vorzulesen. Ich weiß nicht, ob ich einschlief oder ohnmächtig wurde. Das war mein erster Blackout. Als ich erwachte, war ich immer noch an den Stuhl gefesselt. Herr Axius und Pfarrer Nicolai waren kreidebleich und schienen zu einer Säule erstarrt zu sein. Ich sah die beiden ungläubig an. Was war grade passiert? Herr Axius erklärte mir, dass ich den ersten Schlüssel Henochs, wortwörtlich und auf Henochisch zitiert hätte. Meine linke Hand soll dabei unmögliche Formen angenommen haben. Er zeigte auf Symbole, die ich in den Stuhl gekratzt hatte. Sie machten mich los. Herr Axius ging zu einem Telefon und rief jemanden an. Ich konnte nicht verstehen was er sagte. Pfarrer Nicolai hielt mich davon ab die Kirche zu verlassen. Herr Axius würde nur etwas in Erfahrung bringen und ich sollte einfach Geduld haben.

Herr Axius schritt mit ernster Miene auf Pfarrer Nicolai zu. Sie unterhielten sich und gingen hastig in einen anderen Raum. Als sie wieder kamen schien Pfarrer Nicolai nervös zu sein, nur Herr Axius war ernst. Herr Axius packte meinen linken Arm. In seiner rechten Hand hielt er ein Messer und holte aus. Meine linke Hand befreite sich aus seinem Griff und schlug ihm gegen die Brust, woraufhin Herr Axius einige Meter durch die Luft nach hinten flog. Meine linke Hand fing an wild um mich zu schlagen. Ich zerschlug alles was ich traf. Es war erstaunlich wie stark sie war. Sie konnte es mühelos mit zwei Geistlichen aufnehmen. Es fing an unheimlich zu werden, mit welcher Wucht meine linke Hand beide Männer verprügelte. Ich schaffte es nicht mehr, meine linke Hand unter Kontrolle zu bringen. Ich wollte mit meiner rechten Hand mein Handy aus der Tasche holen, aber meine linke Hand schlug mir das Handy aus der Hand. Es fiel zu Boden und zerbrach. Meine linke Hand schien sich beruhigt zu haben. Ich konnte die beiden Männer kaum noch erkennen unter ihren Wunden. Ich kettete schnell wieder meine linke Hand an und ging zum Telefon. Ich rief einen Krankenwagen für die Beiden.

Die Polizei traf ebenfalls ein und wollte nun wissen, was passiert sei. Sie sahen mich ungläubig an, als ich ihnen das erzählte. Klaus holte mich von der Kirch ab. Das erste was er tat, war mich in den Arm zu nehmen. Es war ein schönes Gefühl. Da fiel mir ein blauer Fleck auf seiner Brust auf. Ich fragte ihn, woher er den blauen Fleck hätte, aber er sagte, er habe ihn von seiner Arbeit. Drei Tage nach dem Ereignis in der Kirche, nahm mich die Polizei in Untersuchungshaft.

Mit 34 Jahren war ich das erste Mal im Knast. Meine linke Hand musste ich los machen, damit Sie mir Handschellen anlegen können. Mir wurde ein Verteidiger zugestellt. Ich erklärte ihm meinen Fall und er versicherte mir, dass er mich hier raus brächte. In der zweiten Nacht im Gefängnis passierte etwas. Ich kann mich leider nicht daran erinnern, aber eine Überwachungskamera zeichnete es auf. Ich schlafwandelte und verbog mit beiden Händen eine

Gitterstange. Laut einer Polizistin hätte ich noch was Unverständliches dahin gestammelt. Der Polizeipsychologe sagte mir, es wäre nicht schlimm. Für den Schaden müsste ich auch nicht aufkommen. Am selben Tag kam auch mein Verteidiger wieder. Er erklärte mir, dass beide die Anklage fallen lassen wollten, wenn ich keine Gegenklage machte und aus der Kirche austräte. Des Weiteren bekam ich ein Hausverbot für die Kirche von Pfarrer Nicola. Ich nahm es an. So schlimm waren die Bedingungen auch nicht. Die Entschädigung für die U-Haft war ein Witz. Für die Umstände, die sie mir verursachten, erhielt ich eine mickrige Abfindung. Als ich nach Hause kam, hatte Klaus einen romantischen Abend für mich vorbereitet. Am nächsten Morgen sah ich Klaus, noch nackt, neben mir liegen. Er hatte 2 blaue Flecke auf der Brust. Mir kam in den Sinn, dass ich vielleicht anfing zu Schlafwandeln und ihn dabei verletzte. Von so etwas hatte ich schon mal gehört und das würde auch Pauls Reaktion von damals erklären. Ich entschied, Klaus nach der Arbeit zur Rede zu stellen.

Er bestätigte meinen Verdacht. Er sagte mir, dass ich manchmal nachts umherwandern würde, ihn es aber nicht störte. Die Verletzung hatte er sich bei seiner Arbeit zugezogen, ich bräuchte mir keine Gedanken darüber zu machen. Es verlief alles eine Weile ruhig, bis eines morgens. Ich wachte auf und hörte ein Röcheln neben mir. Ich war fassungslos. Meine linke Hand versuchte grade Klaus zu erwürgen. Er kämpfte mit beiden Händen gegen sie an, aber er schaffte es nicht. Ich nahm meine rechte Hand und half ihm. Es gelang uns nur unter größten Anstrengungen die linke Hand zu lösen. Ich entschuldigte mich mehrfach bei Klaus. Er nahm mich in den Arm und sagte "Alles ist gut, Schatz." Mir fielen die blauen Flecken auf. Er hatte Sie sich nicht bei der Arbeit zugezogen, sondern ich war es. Wie sollte ich jetzt weiter machen? Ich konnte doch nicht jede Nacht meinen Freund verprügeln. Beim Schlafwandeln löste ich meine Kette von der linken Hand, deswegen entschied ich, sie beim Schlafen an das Bett zu fesseln. Ich kaufte mir Handschellen und legte den Schlüssel in einen kleinen Beistelltisch neben dem Bett. Es schien die Lösung des Problems zu sein. Ich beobachtete, wie die blauen Flecken von Klaus weniger wurden. Allerdings war es ein komisches Gefühl, mit Handschellen ans Bett gekettet zu sein. Mit der Zeit gewöhnte ich mich aber auch daran. Es kam dennoch zu einem weiteren Vorfall. Ich war 39 Jahre alt. Ich erwachte neben Klaus, aber er atmete nicht mehr. Ich sah, dass sein Kehlkopf deformiert war und rief sofort einen Krankenwagen. Die Ärzte konnten nur noch seinen Tod feststellen. Die Polizei wurde eingeschaltet. Sie erklärten mir ein paar Tage später, dass Klaus durch einen Schlag auf den Kehlkopf starb. Sie nahmen mich mit aufs Revier. Der Polizeipsychologe begrüßte mich und ich erzählte ihm alles. Er meinte nur, dass er alles überprüfen würde und sich auch mit meinem Psychologen unterhalten wolle. Die Polizei erklärte mir, dass ich nach Hause könnte, allerdings dürfte ich das Land nicht verlassen und müsste am Fuß ein GPS-Gerät tragen. Falls ich vorhätte, in ein Hotel zu gehen, sollte ich Bescheid sagen. Sie gaben mir noch eine Durchwahl und ließen mich gehen. Zu Hause angekommen, packte ich meine Sachen und ging in ein Hotel. Die Polizei rief mich schon nach zwei Tagen an. Ich müsste in die Psychiatrie. Ich sei geistig unzurechnungsfähig. In zwei Wochen würden Sie mich abholen. Mein Leben war endgültig zerstört. Ich entschied mich, die Woche zu nutzen, um mich um alle Formalitäten zu kümmern. Ich kündigte mein Job und meine Wohnung und beauftragte eine Firma meine Möbel zu entsorgen. Mein Testament ist von der Notarin Frau Richter abgesegnet und meine Beerdigung habe beim Bestattungshaus Friedrich in Auftrag gegeben.

Nun ja, hier endet meine Geschichte. Ich merke beim Schreiben, dass Paul vielleicht recht hatte und diese Hand von einem Dämon besessen ist. Morgen kommt die Polizei und holt mich ab. Paul, Klaus, es tut mir wirklich leid, was ich euch angetan habe. Meinen Eltern möchte ich noch sagen, dass ich sie liebe. Möge Gott mir verzeihen. Ich werde mir und meiner linken Hand ein Ende setzen.

Dieser Abschiedsbrief wurde auf einem Laptop, in einem Hotelzimmer gefunden, in dem auch die 40-jährige Laura W, an einem Strick von der Decke hing.

Anmerkung: Die Tote trug an ihrem linken Unterarm ein Armband das mit ihrer Hose über eine kurze

Kette verbunden war. Ihr linke Hand fehlte. An ihrem Unterarm war nur noch ein Stumpf. Die Autopsie ergab, dass die Hand schon seit mehr als 10 Jahren fehlte.

Der Aufzug
MiSsZombieWookie

[...]"44661234, merkt euch die Zahlen. Ich werde oben auf euch warten", gab ein fremder Mann uns die Anweisung ehe er in der Tür, durch die wir gekommen waren, wieder verschwand.

Nun standen wir da, ich erkannte nur vage die Gesichter meiner Freunde in der Dunkelheit, die uns umgab. "Habt ihr euch die Zahlen gemerkt?", fragte ich in die Runde, aber jeder sah mich nur verwirrt an.

Langsam, als sich meine Augen an die Dunkelheit gewöhnt hatten, begann ich mich umzusehen. Ich stieß auf etwas Hartes, Kaltes. Beim Dagegenklopfen bemerkte ich, dass es Metall war, oder besser gesagt, Stahl. Seite um Seite tastete ich umher, bis ich bemerkte, dass vor mir nur Leere war. Abrupt blieb ich stehen und stellte fest, dass dort kein Boden war, ich erkannte aber einen kleinen Aufzug. Leute, kommt mal her!", rief ich meiner Truppe zu, worauf sie alle auf einmal heranstürmten.

Plötzlich wurde es hell im Raum und man konnte alles klar und deutlich erkennen. Es war ein kleines Gelass aus Stahlwänden mit einer Tür an einer Seite, aus der der Mann rausgegangen war, hatte einen Boden ebenso aus Stahl und vor uns war ein komischer Aufzug, eine Art Flaschenaufzug, auch aus Stahl, der ins Nichts zu führen schien.

Alle sahen sie mich an, fragend, was wir jetzt machen sollten. Mehrmals gingen mir die Zahlen durch den Kopf. "44661234", sprach ich leise, ohne wirklich etwas zu sagen. Ich überlegte lange. Ein Raum, ein Aufzug, der ins Leere ging und eine Tür. "Wir nehmen den Aufzug!", rief einer, so als hätte er einen Geistesblitz und alle stiegen in den Aufzug ein. Zögernd folgte ich, als wir eine zweite Wand mit einem Zahlenfeld dort entdeckten. "Da, schau her. Wie war nochmal der Code?", sah mich ein Freund an, während ich leicht abwesend nach unten starrte. "44", murmelte ich vor mich hin, während ein anderer die Zahl 4 zu drücken begann.

Ruckartig schrak ich in diesem Moment auf und stieg aus dem Aufzug. Während ich sagte, "Leute das ist keine gute Idee...", drückte er jedoch nochmals die 4 und der Aufzug schoss mit extremster Geschwindigkeit nach unten.

Hinter mir stand der Mann, der mir den Code gegeben hatte...[...]

Entfremdung
Vanum

Helena lag verschwitzt und müde im Bett, wälzte sich schlaflos von einer Seite auf die andere und blieb schließlich auf dem Rücken liegen. Sie lauschte dem ruhigen Atem ihres Mannes, der neben ihr schlief, und beobachtete die Fliegen, die summend im Halbdunkel über dem Bett einen bizarren Reigen tanzten. Seit die Jalousie im Schlafzimmer auf halber Höhe festklemmte, konnte sie nicht mehr richtig schlafen. Die Sommerhitze drang tagsüber mit der Sonne in den Raum und verwandelte das Schlafzimmer in einen Backofen. Nachts störte das Licht der Straßenlaterne, die wie ein gelber Scheinwerfer durch das Fenster leuchtete und das Zimmer in diffuses Zwielicht tauchte. Markus hatte keine Probleme damit, weder mit den unmenschlichen Temperaturen noch mit der fehlenden Dunkelheit, er schlief selenruhig wie ein Baby. Helena beneidete ihn einen Augenblick lang, dann stand sie seufzend auf, schleppte sich träge ins Bad und duschte kalt. Das half gegen die Hitze. Ihr Kreislauf kam wieder auf Touren und die dumpfe Trägheit des Schlafmangels wich einer leichten Mattigkeit. Als sie die Dusche, mit einem Handtuch bekleidet, verließ, klingelte nebenan der Wecker. Ein schlaftrunkenes Stöhnen, gefolgt von schlurfenden Schritten, und Markus stand in der Tür. »Morgen Schatz«, sagte er gähnend, trat vor die Toilette und klappte Deckel samt Brille hoch, »Hast du wieder nicht geschlafen?«

»Nein«, erwiderte Helena gereizt, »Du wolltest die Jalousie reparieren. Mach das endlich, anstatt den ganzen Tag im Keller zu werkeln.«

»Mann, hast du schlechte Laune.« Er sah nur kurz auf, um das wütende Funkeln in den Augen seiner Frau zu registrieren, dann galt seine Aufmerksamkeit dem Strahl Morgenurin, den er möglichst gerade in die Keramik zielte.

Helena schnaubte genervt: »Hab' ich auch, kann ja nicht schlafen mit dem Flutlicht vor dem Fenster. Und du kümmerst dich nicht drum!« Die Anklage schwebte einen Augenblick lang zwischen ihnen.

»Beruhig' dich wieder. Gleich nach Feierabend werde ich die Jalousie reparieren. Versprochen«, Markus betätigte die Spülung und wollte seine Frau versöhnlich in den Arm nehmen, doch Helena war nicht nach Schmusen zumute. Sie wich ihm aus und verließ das Bad, um sich für die Arbeit fertigzumachen. Aus dem Flur rief sie in versöhnlicherem Ton: »Vergiss nicht, den Deckel wieder runterzuklappen, sonst bekomme ich noch mehr schlechte Laune.«

~

Im Büro staute sich die Hitze genauso wie Zuhause. Helena hatte das Gefühl, die Welt schrumpfe unter einer erstickenden Käseglocke zusammen, bis es nur noch das Surren der Drucker und PCs, summende Fliegen und das Flap-Flap-Flap der alten Deckenventilatoren gab. Es roch nach heißer Elektronik und saurem Schweiß.

Die Büros der einfachen Mitarbeiter waren nicht wichtig genug, um auf elektrische Klimaanlagen umgerüstet zu werden. Die Chefs eine Etage höher saßen jetzt entspannt in wohltemperierten Räumlichkeiten und genossen die Vorzüge der Technik.

Helena war frustriert, der Schlafmangel störte ihre Konzentration. Die Warenbestellung, die sie seit zehn Minuten bearbeitete, verschwamm immer wieder vor ihren Augen. Das Atmen fiel ihr schwer, als weigerte sich die stickige Luft, in die Lunge eingesaugt zu werden. Zur Mittagspause hatte Helenas Laune den Tiefpunkt erreicht. Sie schaltete die Geräte aus und nahm sich frei. Ihrem Chef legte sie einen Urlaubsantrag bis Ende der Woche mit offenen Überstunden auf den Tisch und ging, bevor sie den bewilligten Antrag zurückbekam. Sie nahm sich vor, morgen in der Firma anzurufen, um die Sache zu klären. Aber so wie sie ihren Chef kannte, dürfte das kein Problem darstellen.

~

Die Sonne brannte auf die Erde, als wollte sie jedes Lebewesen verbrennen. Die Hitze flimmerte über den Straßen und erzeugte Luftspiegelungen. Kein Windhauch regte sich in der flirrenden Atmosphäre. Alles, was Beine hatte, floh in den Schatten. Nur das Zirpen der Insekten zeugte noch von Leben. Helena war in den Keller geflüchtet, hatte die alte Militärliege aufgebaut, die sie sonst für Übernachtungsgäste bereitstellte und starrte träge an die Decke. Die Augen wollten nicht geschlossen bleiben, der Schlaf ließ auf sich warten. Sie zählte die Reihen der Konserven im Vorratsregal, die Holzlatten der Kartoffelkiste, lauschte dem leisen Brummen der Gefriertruhe.

Waren es jetzt drei oder schon vier Tage, in denen sie nicht mehr geschlafen hatte? Sie wusste es nicht. Die vergangene Woche verschwamm in ihrer Erinnerung zu einer Abfolge aus hellen und dunklen Episoden, gefüllt mit Eindrücken aus träger, stickiger Luft, klebriger, verschwitzter Haut und dem ewigen Summen der Fliegen.

Aus dem Werkraum nebenan drang ein leises Scharren.

Helena horchte auf. Hatten sich etwa Mäuse im Keller eingenistet? Zwei Herzschläge verstrichen, in denen sie angespannt lauschte. Dann raffte sie sich ächzend auf und schlurfte aus dem Vorratsraum in den kleinen Flur, der zur Kellertreppe und zum Heizungsraum führte. Unter der Treppe befand sich die Tür zum Werkraum. Eine aus rohen Holzlatten grob gefertigte Kellertür, die nicht richtig in die Angeln passte und mehr als Sichtschutz diente, statt als Tür zu fungieren.

Die Tür knarrte trocken, als Helena sie öffnete. Dahinter erstreckte sich Markus' Reich, ein chaotischer Werkraum zum Basteln und Heimwerken. Die gegenüberliegende Wand wurde von einer langen Werkbank beherrscht. Hier stapelten sich Schraubzwingen, Rohrzangen, Maulschlüssel, Seitenschneider und die angefangenen Projekte, unordentlich zu verschieden großen Haufen getürmt. Missbilligend musterte Helena das Chaos. Im Regal neben der Tür lagen diverse Koffer für Bohrmaschine, Stichsäge, Akkuschrauber und ein Knäuel Verlängerungskabel. Mehrere Kartons quollen über, gefüllt mit dem gleichen Sammelsurium aus Schrauben, Nägeln und Dübeln.

Sonst gab es nichts zu entdecken. Nichts, das hier hätte scharren können. Helena blickte sich angestrengt in dem Raum um, aber da war nichts. Das Geräusch der Klingel schreckte sie auf. Die Hitze im Haus war unerträglich. Ein Paketbote brachte eine Lieferung für Markus. Helena quittierte den Empfang. Das Paket war schwer und der Inhalt klirrte metallisch. Neue Teile für die Unordnung auf der Werkbank.

Helena platzierte das Paket neben der Tür, unwillig, den schweren Karton woanders hinzutragen. Ziellos tappte sie durch das Haus, schlurfte die Treppe rauf zum Schlafzimmer, das sich schon wieder in einen Brutofen verwandelt hatte, stand einen Moment unschlüssig im Bad nebenan, bis sie die Treppe wieder runterschlurfte, den Flur entlang, vorbei an Küche und Kellertür und das Wohnzimmer betrat. Das Sofa wirkte auf einmal sehr einladend. Sie sackte aufs Polster, schaltete den Fernseher ein und seufzte frustriert.

»Die aktuelle Hitzewelle dauert bis auf Weiteres an. In den kommenden Nächten ist nicht mit einer Abkühlung zu rechnen. Die Waldbrandgefahr ist enorm angestiegen, die Bevölkerung wird gebeten, bewaldete Gebiete aus Sicherheitsgründen zu meiden. Der bundesweite Aufruf, sparsam mit dem Trinkwasser umzugehen, wird noch einmal verschärft. Die Bürger sind dazu angehalten, vorhandene Swimming-Pools nicht mit Leitungswasser zu füllen und ihre Pflanzen nicht mit Leitungswasser zu bewässern. Das Waschen von Kraftfahrzeugen ist nach Möglichkeit ebenfalls zu vermeiden. Wir melden uns wieder zur Tages-...«

Zapp. »Ey, Schwuchtel, was willssu? Isch hab-...«

Zapp. »Kennen Sie das, wenn ihre Waschmaschine wieder-...«

Zapp. »...und im Schatten dieses gewaltigen Gipfels beginnt die Wüste. Hier ist das Todestal, die furchtbarste aller Wüsten. Der tiefste Punkt des amerikanischen Kontinents...«

Zapp. Zapp. »Der Weltraum. Unendliche...«

Zapp.

Helena schaltete desinteressiert durch alle Kanäle, bis sie auf einem Musiksender hängen blieb. Mit halbgeschlossenen Augen döste sie vor sich hin. Gerade, als sie das Gefühl hatte, endlich einzuschlafen, wurde die Haustür rabiat aufgeschlossen.

»Oh, mein Paket ist da!«

Gepolter und schlurfende Schritte ertönten.

»Helena, Schatz, ich bin zu Hause! Hey, schläfst du etwa?«

Helena brummte schlecht gelaunt und öffnete mühsam die Augen. Markus stand vor dem Sofa, mit dem Paket unter dem Arm. Er strahlte wie ein kleines Kind an Heiligabend.

»Wie denn, wenn du rumbrüllst?«, beschwerte sie

sich.

»Oh, tut mir leid. Dann leg dich wieder hin. Ich bin im Keller«, flötete er und verschwand. Helena fühlte Zorn in sich aufsteigen. »Was ist mit der beschissenen Jalousie?«, rief sie ihm hinterher.

»Mach ich später, mein Schatz! Versprochen!«, tönte es aus dem Kellerabgang.

Helena seufzte resigniert. Es war zu heiß, um hinterherzulaufen, nur um sich zu streiten. Sie schluckte den Ärger herunter.

In den kommenden Nächten ist nicht mit einer Abkühlung zu rechnen, fuhr es ihr durch den Kopf. Die Jalousie änderte nichts daran. Sie schaltete den Fernseher aus. In der drückenden Stille hörte sie ihr Herz schlagen, die Uhr an der Wand schlug im Takt dazu. Dann brummte eine Fliege durch den Raum und prallte surrend gegen das Fenster.

Der Zorn wallte erneut in ihr auf. Nicht wegen Markus, nein, der Schlafmangel war schuld. Sie war mit den Nerven am Ende. Eine Abkühlung und dann schlafen. Ja, das würde sicher funktionieren. Sie raffte sich auf, taumelte ins Bad und stieg zum zweiten Mal an diesem Tag unter die Dusche. Danach öffnete sie im Schlafzimmer Fenster und Tür und erzeugte auf diese Weise einen minimalen Durchzug, der die abgestandene, stickige Luft erneuerte. Die Temperatur sank dadurch zwar nicht, aber wenigstens roch die Luft nicht mehr so verbraucht. Helena warf sich aufs Bett und blieb liegen, wie sie gefallen war.

Die Fliegen tanzten immer noch ihren Reigen um die Lampe. Um das Summen nicht mehr hören zu müssen, griff sie nach dem Telefon und machte leise Musik an. Träge döste sie vor sich hin, bis sie in einen leichten Schlaf hinüberglitt.

~

Mitten in der Nacht fuhr Helena erschrocken aus dem Schlaf. Sie glaubte, von einem Geräusch geweckt worden zu sein, aber die Wohnung lag still in der stickigen Hitze. Das Licht der verhassten Laterne malte einen langen, hellen Streifen über die Decke, die Wand entlang, bis zum Kleiderschrank. Die Ecken und Winkel des Schlafzimmers waren von wabernden Schatten erfüllt. Ihre Hand glitt aus Gewohnheit auf die andere Seite des Bettes, doch diese war leer. »Markus?« Die Wohnung antwortete mit Schweigen. Einen Moment lang überlegte sie, ob sie aufstehen und nach ihm sehen sollte, aber dann verwarf sie den Gedanken. Markus war erwachsen. Wenn er die Nacht zum Tage machen wollte, dann war das seine Entscheidung. Sie drehte sich in eine bequeme Position, in der das Licht der Straße sie nicht so sehr blendete und versuchte wieder einzuschlafen. Doch dieses Mal wurde sie von wirren Träumen heimgesucht, die seltsame, gestaltlose Gefahren beinhalteten, vor denen sie davonrannte, ohne vorwärts zu kommen. Als der Wecker ging, schaltete sie ihn mit einem Knurren aus und starrte erschöpft und verschwitzt zur Decke. Markus lag nicht neben ihr. War er denn gar nicht ins Bett gekommen? Helena schälte sich aus den klammen Laken und schlurfte ins Bad. Der

Toilettendeckel war geschlossen, ein sicherer Beweis, dass er noch nicht hier gewesen war. Kopfschüttelnd erledigte Helena ihre Morgenroutine und bereitete das Frühstück vor. Die Marmelade war beinahe leer. Sie wollte in den Keller gehen und ein neues Glas aus dem Vorratsraum holen, doch als sie die Tür öffnete, verharrte sie unwillkürlich und lauschte angestrengt. Ein Scharren oder Schaben klang aus dem Werkraum. Es hatte Ähnlichkeit mit dem Geräusch, das sie gestern schon gehört hatte, aber jetzt war es gleichmäßiger, als ob es zielgerichtet wäre. Stirnrunzelnd schlich sie die Kellertreppe hinunter, verzichtete darauf, das Licht einzuschalten, vermied jedes Geräusch, holte das neue Marmeladenglas und stand schließlich vor der Tür zum Werkraum. Sie versuchte, durch die Spalten der Holzlatten zu spähen, aber da war nur Dunkelheit. Das gleichmäßige, fast rhythmische Scharren und Schaben klang deutlich aus der Finsternis. Ein kalter Schauer lief Helena über den Rücken, als sie eine Bewegung in der Dunkelheit erkannte, und ein flaues Gefühl breitete sich in ihrem Magen aus. Sie zog sich zurück und schlich noch leiser wieder nach oben. An der Tür blieb sie stehen und lauschte erneut. Der Rhythmus des schleifenden Geräuschs war unverändert.

»Markus? Das Frühstück ist fertig, hast du Hunger?«, rief sie unsicher in die Dämmerung des Kellers.

»Ich bin beschäftigt, ich kann jetzt nicht. Fang schon mal ohne mich an!«, kam es dumpf aus dem Werkraum.

»Musst du nicht arbeiten?«, wollte sie wissen.

»Nein, ich hab' mir Urlaub genommen.«

»Ich habe auch Urlaub bis Ende der Woche. Was hältst du davon, wenn wir zusammen-«

»Ich hab' keine Zeit, ich muss das hier fertig machen«, kam es gereizt zurück. Helena stieg die Treppe wieder runter, dieses Mal mit Absicht so laut, dass Markus es hören musste.

»Was wird das denn, wenn es fertig ist?«, bohrte sie weiter.

»Sag ich nicht. Es wird eine Überraschung«, Markus klang jetzt eindeutig genervt.

»Gibst du mir einen Tipp?«

»Nein, wage es ja nicht reinzukommen.«

»Ist ja gut, ich war nur neugierig.«

»Ich will, dass du nicht mehr in den Werkraum gehst, bis ich es dir ausdrücklich erlaube.«

»Ja, ja, stell dich nicht so an.«

»Das ist mein voller Ernst.«

»Mein Gott, Männer und ihre Spielzeuge. Mach doch, was du willst.«

Enttäuscht wandte Helena sich ab, dann fiel ihr noch etwas ein: »Du hast vergessen, die Jalousie zu reparieren, obwohl du es versprochen hattest.«

~

Das Telefonat zwischen Helena und ihrem Chef verlief zu ihrer Zufriedenheit. Nach der Hausarbeit ging sie in den Garten, goss das Kohlgemüse und die Pflanzen im Gewächshaus, dann legte sie sich mit einem Buch in die Hollywood-Schaukel.

Der Morgen war erträglich, die Sonne sammelt noch ihre Kräfte für den Tag. Vögel zwitscherten in den Hecken und hüpften in den Obstbäumen herum. Die Hitzewelle hatte dennoch schon deutliche Spuren hinterlassen. Der Rasen wurde langsam braun, die Blumenbeete sahen welk aus und in dem kleinen Springbrunnen schwamm nur noch eine ölige Pfütze.

»Hallo Frau Nachbarin. Sie haben wohl Urlaub genommen, wie? Das ist vernünftig, bei diesen Temperaturen.«

Sie sah von ihrem Buch auf. Am Zaun, wenige Meter entfernt, lehnte ein älterer Herr, die Glatze unter einem Strohhut vor der Sonne geschützt, in der Hand eine Rosenschere. Er lächelte freundlich und Helena lächelte zurück. »Guten Morgen, Herr Kosewitz, Sie sind wohl wieder fleißig am Werk, wie man sieht.«

»Ja, ja, die Arbeit im Garten wird nicht weniger. Bei diesem Wetter muss man sich beeilen und den Morgen ausnutzen, solange es noch kühl ist.«

»Da haben Sie Recht. Leider habe ich in den letzten Tagen so schlecht geschlafen, dass ich mich nur zum Nötigsten aufraffen kann.«

»Ich schlafe seit zwei Wochen im Keller, da ist es schön kühl«, Herr Kosewitz legte verschwörerisch den Zeigefinger an die Nase, »Man muss nur ein wenig ausgefuchst sein, Frau Nachbarin.«

»Ach, das habe ich auch versucht, aber so richtig funktioniert hat es nicht.«

Der ältere Herr machte ein verblüfftes Gesicht, dann forderte er Helena mit einer Geste auf näherzukommen. Er wartete, bis sie am Zaun stand, und fuhr mit gesenkter Stimme fort: »Haben Sie es gehört?«

»Was soll ich gehört haben?«

»In Ihrem Keller ist etwas, das merkwürdige Geräusche macht.« Er blickte sich kurz um, so als fürchtete er heimliche Zuhörer, dann sah er sie ernst an. »Sie haben es also nicht gehört?«, hakte er noch einmal nach.

Helena lächelte. »Das ist Markus, der hat wieder so ein verrücktes Projekt angefangen und will mir nicht verraten, um was es geht. Ich werde ihm ausrichten, leiser zu sein, wenn er wieder die Nacht zum Tage macht.«

»Nein, nein, das ist es nicht. Ich weiß doch, wie die Geräusche beim Werkeln klingen. Nein, dieses Geräusch klingt so, so eigenartig, wie ein Scharren. Es ist rhythmisch und monoton gleichmäßig, aber trotzdem hat es irgendetwas Lebendiges an sich.«

»Herr Kosewitz, ich habe das Geräusch schon gehört, aber ich bin sicher, dass Markus dahintersteckt, immerhin war er im Werkraum, als ich es gehört habe.«

»Na, wenn Sie es sagen«, er wirkte ein wenig enttäuscht, dann wechselte er unvermittelt das Thema: »Die Stockrosen werden wohl dieses Jahr nichts werden. Ohne Wasser geht ja alles ein hier.« Helena blinzelte irritiert, antwortete aber schnell:

»Wem sagen Sie das? Meine Hortensien sind auch schon halb vertrocknet. Aber in solchen Zeiten müssen wir wohl Opfer bringen.«

Herr Kosewitz nickte ihr zu und wandte sich zum

Gehen.

Helena kehrte zu ihrem Buch in der Hollywood-Schaukel zurück, aber jetzt konnte sie sich nicht mehr auf die Lektüre konzentrieren.

Was hatte Herr Kosewitz ihr sagen wollen? Die Hollywood-Schaukel wiegte sie sanft hin und her.

Hatte sich vielleicht doch Ungeziefer im Keller eingenistet?

Was trieb Markus da nur in seinem Werkraum? Sie hätte aufstehen und nachsehen können, aber das träge Schaukeln erfüllte sie mit einer angenehmen Schläfrigkeit, die sie seit Tagen schon vermisste. Langsam fielen ihr die Augen zu.

~

Helena erwachte mit brennendem Durst. Als sie sich desorientiert aufsetzte, verlor sie fast das Gleichgewicht und fiel aus der Hollywood-Schaukel. Alarmiert blickte sie sich um. Die Sonne stand noch hoch am Himmel, aber längst nicht mehr im Zenit.

Wie spät mochte es sein?

Hatte sie wirklich geschlafen? Träge rappelte sie sich auf. Kurz wurde ihr schwarz vor Augen, als ihr Kreislauf gegen die plötzliche Anstrengung protestierte.

Gut, dass die Hollywood-Schaukel überdacht war, sodass sie sich keinen Sonnenbrand geholt hatte. Trotz des Nickerchens fühlte sie sich nicht erholt, im Gegenteil, sie hatte eher das Gefühl, noch müder und kaputter als vorher zu sein.

Helena wankte ins Haus. In der Küche fand sie nur leere Sprudelflaschen, also musste sie in den Keller gehen und Nachschub holen. An der Tür blieb sie wieder stehen, lauschte und starrte die Treppe hinab in das Zwielicht. In der diffusen Dämmerung des Kellers hörte sie deutlich das gleichmäßige Scharren. Die Schatten in den Winkeln und Ecken schienen tiefer als gewöhnlich und irgendwie substanzieller zu sein, als man erwarten würde.

Unsicher tappte sie die Treppe runter, schob die Tür zum Vorratsraum auf und angelte eine frische, kellerkalte Sprudelflasche aus dem Kasten. Helena öffnete sie gleich an Ort und Stelle und trank in langen Zügen. Mit einer weiteren Flasche bewaffnet trat sie den Rückweg an.

Vor dem Werkraum war das Scharren lauter zu hören. Sie wurde langsamer.

Aus den Lücken zwischen den Holzlatten der Brettertür quoll tiefe Dunkelheit, die ihr Unbehagen bereitete. Auf der anderen Seite des Raumes schien es stockdunkel zu sein.

Was zur Hölle machte Markus da drin in der Finsternis? Er konnte doch gar nichts sehen oder irrte sie sich? Zögernd trat sie näher an die Tür heran. Kalter Schweiß trat auf ihre Stirn, als sie die Hand ausstreckte, um die Tür zu öffnen.

»Helena«, kam es tadelnd von der anderen Seite der Tür, »Ich hab doch gesagt, du sollst nicht reinkommen, weil es eine Überraschung wird.« Sein Ton klang irgendwie aggressiv.

Helena fühlte, wie ihr das Herz bis zum Hals

klopfte. Sie ließ die Hand wieder sinken, aber sie war nicht bereit, so leicht den Rückzug anzutreten.

»Markus«, begann sie so sanft und freundlich wie möglich, »Mach mal eine Pause und komm aus dem Keller raus.«

»Ich kann nicht, ich muss das hier erst fertig machen«, klang die gereizte Antwort aus der Dunkelheit.

Helena schwieg einen Moment, dann versuchte sie es noch einmal auf dem diplomatischen Weg: »Du hast doch die ganze Nacht an deinem Projekt gearbeitet und seitdem nichts gegessen oder getrunken. Du musst es nicht übertreiben.«

»Ich brauche nichts. Verschwinde!«, jetzt klang er eindeutig sauer.

Helena seufzte gekränkt und zog sich zurück.

Der angebrochene Tag schleppte sich träge dahin, Helena litt unter der Hitze und versuchte sich mit einer Netflix-Serie abzulenken. Manchmal döste sie etwas ein, driftete am Rande des Schlafes entlang, bekam aber noch alles mit, was der Fernseher ihr erzählte.

Sie stand nur auf, um sich eine neue Sprudelflasche zu holen, ansonsten vegetierte sie auf dem Sofa vor sich hin. Ab und an las sie die Nachrichten auf ihrem Smartphone.

In der Whats-App Freunde-Gruppe wurde ein Grilltreffen für das Wochenende geplant.

Sie sagte ab, weil sie schlecht gelaunt war und nicht davon ausging, dass Markus bis zum Treffen wieder vernünftig wurde.

Plötzlich klingelte das Telefon. Es war Larissa: »Hey, was ist denn los? Warum kommst du nicht zum Grillen?«

»Tut mir leid, ich bin furchtbar mies drauf, weil ich die letzten Tage kaum geschlafen habe.«

»Ach, das geht uns doch allen so. Ärger dich nicht so sehr. Ich bin sicher, Markus bringt dich schon auf andere Gedanken.«

»Von wegen. Der hat sich im Keller eingeschlossen, mit irgendeinem hoch geheimen Projekt.«

Larissa lachte: »Ah, daher weht der Wind. Ach, Männer und ihre Spielzeuge, da können wir Weiber nicht mithalten. Ich weiß gar nicht, wie du das immer schaffst zu warten. Meine Neugier würde mich umbringen, nicht zu wissen, was meine bessere Hälfte da schon wieder ausheckt. Ich bewundere das total, dass du tatsächlich immer wartest, bis er fertig ist und dir sein Werk präsentiert.«

Jetzt musste Helena schmunzeln: »Das ist gar nicht so schwer. Wenn ich zu neugierig werde, schau ich einfach in die Lieferscheine seiner Bestellungen. Das kriegt Markus nie mit, weil er die eh nie öffnet.«

»Oh, das ist genial, das merk ich mir! Verdammt, warum bin ich da nicht drauf gekommen? Aber zurück zum Grillen. Du kannst ja auch spontan noch zusagen. Du weißt ja, es ist immer genug zum Futtern da.«

Helena lächelte flüchtig. Larissa hatte sie wie immer aufgemuntert.

»Ja, das mach ich. Falls nicht, überleg ich mir dann, ob ich auch allein komme.«

»Großartig! Ich würde mich freuen.«

»Bis dann!«

Die Serie plätscherte weiter vor sich hin, ohne dass Helena ihr tatsächlich Aufmerksamkeit schenkte. Gegen Abend raffte sie sich auf und schlurfte in die Küche, weil sie Hunger bekam.

Es war kein richtiger Hunger, mehr Appetit. Die Hitze dämpfte einfach alles.

Zum Kochen war ihr zu warm, so entschied sie sich für einen Salat aus Tomaten, Thunfisch und Fetakäse.

Während sie das Dressing anrührte, wurde ihr bewusst, wie still es in der Wohnung war. Das Klappern des Geschirrs klang ungewohnt scharf und misstönend in ihren Ohren und sie ertappte sich dabei, so behutsam wie möglich mit dem Besteck zu hantieren, damit sie keine lauten Geräusche verursachte.

Dafür glaubte sie gedämpft das rhythmische Scharren zu hören. War es lauter geworden? Mit dem fertigen Salat auf dem Rückweg zum Fernseher blieb sie vor der Kellertür stehen und lauschte. Das Scharren musste lauter geworden sein, wenn man es schon durch die geschlossene Tür hören konnte. Was hatte das zu bedeuten? Es war nicht das typische Geräusch von Schmirgelpapier und klang außerdem zu regelmäßig, als dass Markus irgendetwas von Hand schleifen konnte. Es hatte auch nichts mit dem charakteristischen Schleifen einer Mechanik gemein, bei der die beweglichen Teile Geräusche verursachten.

Was trieb Markus nur in seinem dunklen Kellerraum, in dem er absolut nichts sehen konnte? Einen Moment überlegte Helena, ob sie noch einmal zu ihm gehen und ihn ans Essen oder die Jalousie erinnern sollte, aber dann schüttelte sie den Kopf. Es würde nur in Streit enden. Das war die Mühe nicht wert.

Sie konnte auch auf dem Sofa schlafen, wenn es im Schlafzimmer zu hell war.

Sie setzte ihre Serie fort, stocherte dabei in dem Salat und lümmelte dann wieder auf dem Sofa herum, bis sie endlich in einen leichten Schlaf driftete.

Die Geräusche der Serie sickerten in Helenas diffuse Träume und vermischten sich dort mit dem stetigen, monotonen Scharren, dass immer lauter anzuschwellen schien, bis sie schweißgebadet aus dem Schlummer fuhr und sich erst nicht recht orientieren konnte.

Im ersten Moment hatte sie geglaubt, eine Tür gehört zu haben, die jemand mit Schwung ins Schloss geworfen hatte.

Es war dunkel geworden. Der Fernseher spendete ein diffuses, flackerndes Licht, das die Schatten im Wohnzimmer zu bizarrem Leben erweckte. Helena pausierte die Serie, stand auf und taumelte zum Bad im Obergeschoß.

Als sie die Kellertür passierte, vernahm sie das Scharren so laut, als würde sich irgendetwas direkt auf der Treppe befinden, und sie lief etwas schneller. Eine Gänsehaut jagte ihr den Rücken hinunter, obwohl sich die Hitze des Tages noch in der Wohnung staute.

Das Licht im Bad flammte grell und blendend auf, als sie den Lichtschalter betätigte.

Einen Moment lang blinzelte sie mit zusammen geknniffenen Augen in die plötzliche Helligkeit, bevor sie sich zurechtfand.

Nach dem Toilettenbesuch wollte sie zurück ins Wohnzimmer schlurfen, doch sie fühlte sich mit einem Mal unwohl im dunklen Flur. Unschlüssig stand sie auf dem Treppenabsatz und starrte in die wabernde Dunkelheit, in der die Schatten einen eigenartigen Reigen aufzuführen schienen. Es kam ihr so vor als könnte sie eine Art zielgerichtete Bewegung erkennen. Dunklere Flecken wirkten irgendwie substanzieller als andere Teile des düsteren Flurs. Sie schienen sich in den Ecken und Winkeln zu sammeln, über den Boden zu kriechen, die Wände hinauf zu klettern, um-

Helena schlug auf den Lichtschalter. Die Flurbeleuchtung zerfetzte die eingebildeten Schatten und löste die Illusion auf. Zurück blieb ein mulmiges Gefühl in ihr und der Wunsch nach einer Umarmung von Markus. Vielleicht war er ja diese Nacht ins Bett gegangen?

Sie wandte sich noch einmal um und spähte durch die angelehnte Tür ins Schlafzimmer, nur um das Bett wieder leer vorzufinden. Was zur Hölle trieb er dort unten?

Was konnte so spannend oder wichtig sein, dass er zwei Nächte lang durchmachte und nicht mal aus dem Keller kam, um etwas zu essen?

Das war doch absurd. So benahm sich Markus sonst nie. Da musste doch etwas faul sein.

Er mochte vielleicht behaupten, eine Überraschung vorzubereiten, aber keine Überraschung der Welt rechtfertigte ein solch albernes Verhalten.

Die unterdrückte Wut kochte wieder in Helena hoch.

Es war Zeit, dem kindischen Verhalten ein Ende zu setzen und ernstes Wort mit Markus zu reden. Larissa mochte ihr eine Engelsgeduld bescheinigen, aber die besaß Helena nur dann, wenn der Alltag seinem gewohnten Gang folgte. Markus verhielt sich nicht mehr normal.

Sie öffnete die Kommode und griff nach der Taschenlampe, kontrollierte, ob die Batterien geladen waren und stapfte die hell erleuchtete Treppe runter.

Das Scharren schien wieder leiser geworden zu sein.

An der Kellertür verharrte sie einen Moment. Wieder klopfte ihr das Herz bis zum Hals und kalter Schweiß brach ihr am ganzen Körper aus. Zögernd öffnete sie die Tür.

Das Flurlicht fiel in einem langen, dünnen Streifen die Kellertreppe hinab und zerfaserte in den Schatten, die sich wie etwas Lebendiges in die trüben Ecken und Winkel zurückzogen.

Das Scharren klang hier definitiv lauter als am Tag zuvor.

Es schien die Luft zum Vibrieren zu bringen, wie gleichmäßige Atemzüge oder ein abnormer Puls, dessen rhythmische Schläge unablässig durch die wabernde Dunkelheit hallten.

Wie etwas Lebendiges, schoss es ihr mit der

Stimme von Herrn Kosewitz durch den Kopf.

Mit angehaltenem Atem schlich sie die Stufen hinab, die Taschenlampe wie eine Waffe vor sich haltend.

Vor der Brettertür zum Werkraum verharrte sie erneut.

Mit klammen Fingern packte sie die Taschenlampe fester, den Daumen im Anschlag auf dem Knopf, um jederzeit einen Leuchtstrahl in die Finsternis feuern zu können.

»Markus?«, begann Helena stockend.

Es kam keine Antwort von der anderen Seite der Tür, aber das Scharren schien eine Winzigkeit den Rhythmus zu verändern.

»Ob's dir passt oder nicht, aber ich komme jetzt rein.«

Der Tannenzapfenmann
Myzia

Fröhliches Kinderlachen schallte durch das kleine Waldstück und die Strahlen der Herbstsonne drangen noch angenehm warm durch die lichterwerdenden Baumwipfel. Heute machte der „Goldene Oktober" seinem Namen alle Ehre.

Jonas und seine Freunde hatten ihr Geheimversteck aufgesucht, das sie während der Sommerferien gebaut hatten. Ein bisschen abseits der Wege hatten sie aus Ästen, alten Brettern und haufenweise trockenem Laub eine Höhle errichtet. Voller Elan hatten sie nun die Schäden behoben und in ihrem Spiel vollkommen die Zeit vergessen. „Oh Leute, wir müssen jetzt wirklich nach Hause", kam es von Robin, dem Ältesten der Gruppe. Wichtig blickte er auf die Digitaluhr, die ihm sein Onkel zum Geburtstag geschenkt hatte, an seinem schmalen Handgelenk wirkte sie ungeheuer wuchtig. Seine kleine Schwester Emma, die Jüngste in ihrem Kreis, schmollte: „Was echt?" Sie streckte ihren roten Lockenkopf aus einem Blätterhaufen, in dem sie ihr Haarband gesucht hatte und kämpfte sich mühsam auf die Beine. „Dann sollte ich auch besser gehen", sagte Paul, während er seinen Rucksack vom Boden klaubte. „Mama hat gesagt, dass ich das Wochenende Hausarrest bekomme, wenn ich wieder so spät nach Hause komme." Jonas war enttäuscht. Zwar ermahnten seine Eltern ihn auch ständig, früher zurückzukommen, aber so streng, wie die

Eltern seiner Freunde, waren sie nicht. „Na gut. Dann haut schon mal ab. Ich bleibe noch ein bisschen hier." Emma zog ängstlich die Augenbrauen hoch: „Ganz allein?!" Jonas warf sich gewichtig in die Brust: „Ich bin doch kein Baby mehr, ich werde in ein paar Wochen schon zehn!" Robin gab wieder den Anführer und trieb seine Schwester und Paul zur Eile an: „Jetzt kommt schon, sonst könnt ihr allein gehen!" Nachdem sie sich verabschiedet hatten, kroch Jonas noch einmal in die Blätterhöhle und betrachtete stolz ihr Werk. Wochenlang hatte es hier gestanden und es hatte nur ein paar Stunden gedauert, alles wiederherzurichten. Am Liebsten würde er hier übernachten. Aber das würden selbst seine toleranten Eltern nicht erlauben. Noch eine gute halbe Stunde verbrachte er mit Tagträumereien, bevor er seine Sachen packte und sich ebenfalls auf den Heimweg machte.

Die Sonne stand schon wesentlich tiefer, als er erwartet hatte, aber es würde noch eine Weile dauern, bis es dunkel war. Eilig schritt Jonas den Weg entlang. So allein kam ihm der Wald plötzlich gespenstisch ruhig vor. Der dumpfe Widerhall seiner Schritte und das Rascheln der Blätter im Wind wirkten seltsam laut, in dieser sonst so vollkommenen Stille. Nicht einmal den Gesang der Vögel konnte man hören. Unruhig blickte er dann und wann über seine Schulter. „Wer soll denn da schon sein? Höchstens der alte Förster…" Wie auf ein Stichwort, tauchte ein dunkler Schemen am Ende des Weges auf, als Jonas sich das nächste Mal umdrehte. Ein bisschen erschrocken kniff er die Augen zusammen, um besser sehen zu können. Zwar erkannte er niemanden, aber die Person hob einen Arm und winkte ihm zu. Unsicher winkte Jonas zurück. Er war sich immer noch nicht sicher, ob er diesen Menschen überhaupt kannte, aber er wollte auch nicht unhöflich sein. Höflichkeit war eine der wenigen Tugenden, auf die seine Eltern besonderen Wert legten. Schließlich drehte er sich um und ging weiter. Zwar hatte er nicht wirklich Angst, aber ganz geheuer war ihm die Sache nicht. Wenige Minuten später fiel ihm auf, dass zum Rascheln der Blätter, ein leises Knacken dazu gekommen war. „Wie Schritte", ging es ihm durch den Kopf. Kurz entschlossen drehte er sich um. Der Mann – er ging aufgrund der Statur davon aus, dass es einer war – war nähergekommen. Noch nicht nah genug, um ihn eindeutig zu erkennen, aber definitiv näher. Jonas spürte ein unangenehmes Kribbeln im Nacken. Zwar bewegte sich der Fremde keinen Zentimeter weiter, während er ihn anstarrte, aber etwas in ihm wollte nur noch weg.

„Ist der Weg schon immer so lang gewesen?" Jonas kam es vor, als würde er dem Waldpfad bereits seit einer halben Ewigkeit folgen. Das Kribbeln breitete sich weiter aus und sein ganzer Körper wurde von unbestimmter Unruhe erfasst. Einfach nur zu gehen, kam ihm unendlich langsam vor. Wurde das Knacken nicht lauter? Am Liebsten wäre Jonas losgerannt. Seine Hände krampften sich um die Rucksackträger und er zwang sich langsamer zu gehen. „Vielleicht ist es wirklich nur der alte Förster?" Eine zögerliche Stimme in ihm fragte: „Und was, wenn nicht?" Er blickte weiter stur geradeaus und blieb sich die Antwort schuldig. Das Knacken kam in immer kürzeren Abständen und kalter Schweiß rann seine Arme hinab. Alle Selbstbeherrschung war dahin und Jonas rannte los, so schnell er konnte.

Endlich sah er das Ende des Weges! Jonas wagte einen Blick über die Schulter und schlug der Länge nach hin. Schnell kämpfte er sich wieder auf die Beine und schreckte sofort zurück. Vor ihm stand ein alter Mann, wie er noch keinen gesehen hatte. Seine Haut war von ungesunder, gräulicher Farbe und das lange Haar war von Lehm verklebt. Die Kleidung, falls man die verdreckten Lumpen, die er trug, so nennen konnte, war über und über von altem Laub und Erde bedeckt. Sein Gesicht war von tiefen Furchen durchzogen, die fast borkenartig wirkten. Jonas brachte kein Wort über die Lippen und stierte ihn nur unentwegt an. Der Fremde lächelte, wobei er unnatürlich große, gelbliche Zähne entblößte. Seltsam rund, wie von einem Fluss geschliffene Kieselsteine. Auch er schwieg. Langsam streckte er dem Jungen seine Hand entgegen, in der er einen Tannenzapfen hielt. Auffordernd blickte er Jonas an. Langsam begriff dieser, was der schmutzige Fremde von ihm wollte. Zögerlich, als ob der Mann sie ihm abreißen könnte, hob er seine eigene Hand und griff nach dem Tannenzapfen. Ein leises „Danke" murmelnd schloss er seine Finger darum und steckte ihn in die Tasche. Der Alte nickte zufrieden und machte den schmalen Waldweg frei. Jonas bewegte sich langsam an ihm vorbei, damit rechnend, dass er ihn jederzeit packen und ins Unterholz zerren würde. Stumm behielt er den seltsamen Mann im Auge und ging rückwärts weiter, bis er die Strahlen der untergehenden Sonne auf dem Rücken spürte. Ruckartig drehte er sich um und rannte ununterbrochen nach Hause.

„Jonas, wie siehst du denn aus? Geh dich schnell umziehen, bevor deine Mutter dich so sieht!" Zum Glück hatte er zuerst seinen Vater getroffen. Um sich mit ihm Ärger einzuhandeln, müsste er wahrscheinlich schon eine Bank überfallen oder die altersschwache Nachbarskatze in Beton eingießen. Schnell verschwand Jonas im Bad und stopfte seine verdreckten Sachen in den Wäschekorb. Er schaffte es gerade noch rechtzeitig, sich umzuziehen, bevor seine Mutter zum Abendessen rief. Zurück in der vertrauten Umgebung und vor einer dampfenden Lasagne, hatte Jonas seine seltsame Begegnung im Wald schnell vergessen. Er berichtete von den Spielen im Wald, der neu hergerichteten Blätterburg und sein Vater war stolz, dass sein Junge und seine Freunde nicht den ganzen Tag vor dem Fernseher oder dem Computer verbrachten, wie viele andere Kinder in seinem Alter.

„Du kratzt dich die ganze Zeit, hoffentlich hast du keine Zecken." Seine Mutter sah ihn besorgt an. „Ach was, Mama." Erst jetzt fiel ihm auf, dass er tatsächlich immer wieder den linken Unterarm mit seinen Nägeln bearbeitete. Da er jedoch weder Zecken noch sonst irgendwelche Krabbeltiere entdecken konnte, schob er das Jucken auf die zahllosen kleinen Kratzer, die er sich beim Spielen zugezogen hatte. Jonas zupfte noch ein paar Tannennadeln aus seinen braunen Strubbelhaaren und ging zu Bett. Während er einschlief, kam ihm der Gedanke, dass er im Wald noch nie eine Tanne oder einen anderen Nadelbaum gesehen hatte.

Der nächste Tag begann neblig und schien nun endgültig das Ende der goldenen Blätter einzuläuten. Lustlos saß Jonas mit Paul und Robin im Unterricht. Das trübe Wetter schlug ihm gewaltig auf die Stimmung. Während er versuchte, den eintönigen Erzählungen des Religionslehrers zu folgen, drifteten seine Gedanken immer weiter ab. Die Geschichte der Jünger von Emmaus rückte in den Hintergrund und wich seiner unheimlichen Begegnung vom vergangenen Nachmittag: „Was für ein alter Irrer. Bestimmt irgendein Penner, der sich im Wald eingenistet hat." „Igitt, was hast du denn da?", unterbrach Paul seine Überlegungen und zeigte auf Jonas Ellenbogen. Jonas verzog angewidert das Gesicht, eine fast daumennagelgroße Hautschuppe hatte sich abgelöst. „Sieht aus, wie die Schuppenflechte von meiner Cousine", mischte sich Robin ein. „Die muss immer so eine komische Creme aus der Apotheke benutzen, sonst sieht sie aus wie ein Fisch." „Eincremen ist was für

Mädchen", beendete Jonas das Thema und zupfte die Schuppe von seinem Arm.

Da es am Nachmittag zu regnen begann, trafen sich die Freunde nach der Schule bei Robin und begannen, sich Gruselgeschichten aus dem Internet zu erzählen. „Was ist denn ein ‚Sländermäään'?" Emma kam neugierig ins Wohnzimmer, wo die Jungen auf der Couch herumlümmelten. Hinter ihr stand ihre und Robins Großmutter. Vor ein paar Jahren war sie in ein Heim für betreutes Wohnen gezogen. Sie kam aber regelmäßig vorbei, um ihre Enkel zu besuchen. Für Jonas, der keine Großeltern hatte, war sie immer das Abbild der typischen Klischee-Oma: etwas rundlich, schneeweiße Dauerwelle, mit dicker, altmodischer Hornbrille und natürlich trug sie immer eine Schürze, der der Duft von frischgebackenen Keksen anhaftete.

Robin erschreckte seine Schwester mit weiteren unheimlichen Geschichten, bis seine Großmutter ihn ermahnte, es nicht zu weit zu treiben. „Früher hatte man noch Angst vor Hexen oder dem Mann aus dem Wald", sagte sie kopfschüttelnd. Ein ungutes Gefühl überkam Jonas: „Vor wem?" „Dem Mann aus dem Wald. Manche nannten ihn auch den Tannenzapfenmann. Manchmal sieht man ihn, wie er einem aus der Ferne zuwinkt." Emmas Neugier war geweckt: „Und was macht er dann?" „Man sollte höflich sein und den Gruß erwidern, aber man darf niemals nach ihm rufen, da er Lärm und Geschrei hassen soll. Ganz selten, wenn er einen gut leiden kann, dann beginnt er einem zu folgen. Und dann kann es passieren, dass er einem ein Geschenk gibt. Meistens ein welkes Blatt, eine Nuss oder eben einen Tannenzapfen. Aber unter keinen Umständen darf man sein Geschenk aus dem Wald entfernen, sondern man muss es am Waldrand wieder ablegen." Jonas fühlte sich zunehmend unwohler in seiner Haut. Obwohl er ein bisschen Angst vor der Antwort hatte, fragte er weiter: „Was passiert, wenn man sein ‚Geschenk' nicht im Wald lässt?" „Es heißt, dann wird er einen zu sich holen." Mit einem leicht besorgten Blick auf das blasse Gesicht des Jungen und auf ihre kleine Enkelin, fügte sie hinzu: „Aber das sind nur Geschichten." „Aber Oma, du hast mir mal erzählt, dass früher ein paar Kinder verschwunden sind!", meldete Robin sich eifrig zu Wort. Seine Großmutter warf ihm einen Das-passt-jetzt-gar-nicht-Blick zu und erklärte: „Es stimmt. Als meine Mutter ein kleines Mädchen war, verschwanden ein paar Kinder aus dem Dorf. Die aufgebrachten Eltern und Verwandten suchten einen Schuldigen. Einige Leute sagten, es sei der Mann aus dem Wald gewesen. Aber die Mehrheit gab die Schuld einem alten Landstreicher, der seit ein paar Wochen im verfallenen Schuppen des alten Forsthauses Unterschlupf gesucht hatte. Wie eine wütende Horde zogen die Leute los, um ihn zu lynchen. Aber der alte Mann war gewarnt worden und hatte sich im Wald versteckt. Rasend vor Zorn, zog der Vater eines verschwundenen Mädchens los und steckte den Wald in Brand." Mit ängstlichen braunen Augen fragte Paul: „Hat man die Kinder wiedergefunden?" Traurig antwortete Robins Großmutter: „Nein, keines der Kinder tauchte jemals wieder auf. Weder tot noch lebendig. Aber da nach dem Brand keine weiteren Kinder vermisst wurden, war der Fall für die Dorfbewohner abgeschlossen…"

Emma hatte nun sichtlich genug von unheimlichen Geschichten und zog ihre Großmutter aus dem Wohnzimmer, um in ihrem Zimmer mit ihr zu spielen. Noch eine ganze Weile sponnen die Jungen immer wirrer werdende Theorien um den Tannenzapfenmann, von dem sie eben gehört hatten und all den anderen Gruselgestalten, die sie kannten. Nur Jonas hielt sich zurück, obwohl er sonst gerne solche Diskussionen führte. Als er und Paul sich auf den Heimweg machten, wurde es bereits dunkel und nach ein paar Straßen trennten sich ihre Wege.

Noch nie war Jonas der Heimweg so lange vorgekommen. *Er soll Lärm und Geschrei hassen…* wir waren neulich ziemlich laut… Er beschleunigte seine Schritte. *Wenn er einen gut leiden kann, dann beginnt er einem zu folgen…* Was wenn er es wirklich war? Wenn er zurückgekommen ist? Wenn er **mich** gut leiden kann? Nervös rieb er seine kribbelnden Arme und flüchtete sich von einer Straßenlaterne zur nächsten. Ein Sicherheit verheißender Lichtkreis, ein magischer Schutzschild, in den keine dunkle Macht eindringen konnte… *unter keinen Umständen darf man sein Geschenk aus dem Wald entfernen…* Jonas wurde eiskalt, als ihm einfiel, dass er den Tannenzapfen des seltsamen

Mannes in seine Tasche gesteckt hatte. *Dann wird er einen zu sich holen...*

Endlich tauchte sein Zuhause in seinem Blickfeld auf. Er begann zu rennen und hatte Angst, auf den letzten Metern zurückgerissen und in die Dunkelheit geschleift zu werden. *Zu sich holen...* Jonas riss die Tür auf und stolperte direkt in die Arme seiner Mutter.

„Jonas, du bist ja ganz blass! Geht es dir nicht gut?" Statt zu antworten, stürmte er an ihr vorbei ins Badezimmer. Mit beiden Händen warf er den Wäschekorb um und wühlte sich durch die Schmutzwäsche. „Mama, wo ist meine Jacke von gestern?", fragte er tonlos, als seine Mutter ins Bad kam, die ihm verständnislos gefolgt war. „Die hab ich gewaschen... Aber was ist eigentlich los mit dir?" „Und die Taschen?" Sie brauchte einen kurzen Moment, bis sie verstand, was er eigentlich meinte. Noch immer völlig verwirrt antwortete sie: „Den Dreck habe ich weggeworfen und die Tonnen hat die Müllabfuhr heute Mittag geleert. Aber da war nichts drin. Nur ein paar Blätter und Tannenzapfen." Besorgt schloss sie ihr Kind in die Arme: „Was hast du denn, Jonas? Ist etwas passiert?" „Nein, Mama. Schon okay", log er. „Ich hab nur etwas gesucht." Nicht im Traum würde er eine so abstruse Geschichte seinen Eltern erzählen.

Aufgewühlt schritt Jonas in seinem Zimmer auf und ab. „Das ist doch alles Quatsch! Es gibt keinen

Tannenzapfenmann! Das ist ein Märchen, das man kleinen Kindern erzählt, damit sie nicht allein im Wald spielen oder Sachen von Fremden annehmen! Und überhaupt ist das ein total bescheuerter Name!" Zornig darüber, dass die Geschichte von Robins Großmutter ihm so große Angst einjagte, zog er sich den Pulli über den Kopf und schleuderte ihn in eine Ecke. Wieder wanderten seine Finger zu seinen Armen und begannen zu kratzen. Seine Ellenbogen waren ganz rau und trocken. Jonas winkelte einen Arm an und erschrak: wo heute Morgen nur eine einzelne Hautschuppe gewesen war, hatten sich inzwischen große gelblich-weiße Flecken gebildet. Heimlich holte er sich die gute Bodylotion seiner Mutter und cremte sich großzügig ein. Vielleicht war das doch nicht nur etwas für Mädchen.

Nach dem Abendessen zog Jonas sich wieder in sein Zimmer zurück. Seine Eltern hatten vorgeschlagen, zusammen einen Film zu schauen, aber irgendwie war ihm heute nicht danach. Kurz nachdem er sich mit einem Buch auf das Bett gesetzt hatte, kam sein Vater herein. „Ist alles okay bei dir, Jonas?" Er ließ sich neben seinem Sohn nieder und musterte ihn nachdenklich. „Klar Papa", fiel die knappe Antwort aus. „Du weißt, du kannst über alles mit mir oder deiner Mutter reden." Jonas rollte mit den Augen. Sein Vater lächelte verständnisvoll: „Ich weiß, der Spruch ist schrecklich abgedroschen. Doch es stimmt. Wenn du mal lieber für dich bist, ist das völlig in Ordnung. Aber du sollst wissen, dass wir immer für dich da sind." Jonas rang sich ein Lächeln ab: „Ich weiß Papa."

Eine Weile blätterte er noch in einem Dinosaurierbuch, bis er schließlich darüber einschlief. Am nächsten Morgen wurde Jonas vom leisen Klopfen des Regens an seiner Fensterscheibe geweckt. Ächzend rollte er sich auf die Seite und warf einen Blick auf den Wecker. Schon fast acht Uhr. Er wollte schon aus dem Bett springen, als im einfiel, dass es Samstag war. Er wollte sich gerade noch einmal gemütlich in die Decke wühlen, da begannen seine Ellenbogen wieder unerträglich zu jucken. Beklommen setzte er sich auf und rollte nervös die Schlafanzugärmel hoch. Die Haut war braun und rissig, wie Baumrinde. Entsetzt fuhr er immer wieder mit den Händen darüber und versuchte sie abzuziehen. Er schrie vor Schmerz auf, als er zu fest daran riss... *dann wird er einen zu sich holen...* Hatte ER ihn markiert? Ein Gruß aus dem Wald, damit ihm klar wurde, was auf ihn zukam? Vorsichtig streckte er den Kopf aus seinem Zimmer, vergewisserte sich, dass seine Eltern nicht in der Nähe waren, schlüpfte ins Bad und schloss die Tür ab. Nicht nur an seinen Ellenbogen zog sich die Rinde entlang. Auch auf seinem Rücken entdeckte er einige münzgroße Flecken. Zwischen seinen Haaren bemerkte er wieder einige Tannennadeln, nur als er sie diesmal herauszog, fühlte es sich an, als hätte er ein Büschelchen Haare ausgerissen. Panik schnürte ihm die Kehle zu und Tränen schossen ihm in die

Augen. „Was soll ich jetzt machen?! Was soll ich jetzt bloß machen?!"

Fast den ganzen Tag verbrachte er in seinem Zimmer und überlegte krampfhaft, was er unternehmen sollte. Seine Eltern nahmen sein seltsames Verhalten zwar sehr skeptisch zur Kenntnis, hielten sich aber mit besorgten Fragen zurück, was Jonas nur Recht war.

Bis zum Abend war ein Gedanke in ihm immer weiter gereift: „Ich muss ihm etwas zurückgeben!" In seiner kindlichen Vorstellung, alles käme wieder in Ordnung, wenn er etwas Gleichwertiges in den Wald zurückbrächte, zog Jonas sich an, packte eine Taschenlampe ein und schlich leise aus dem Haus. Im Vorgarten eines Nachbarn fand er schnell, was er suchte. Mit einem neuen Tannenzapfen in der Tasche, machte er sich schnell auf den Weg in den Wald.

Nicht ein Lichtstrahl drang durch die dichte Wolkendecke und zu allem Übel, begann es wieder zu regnen, nachdem er die letzten Straßenlaternen hinter sich gelassen hatte. Trotz seiner Taschenlampe stolperte Jonas unbeholfen den unebenen Feldweg in Richtung Waldrand entlang. Das Jucken an seinen Armen und auf dem Rücken wurde immer schlimmer. „Das bilde ich mir nur ein", murmelte der verängstigte Junge immer wieder und ging vorsichtig weiter. *Dann wird er einen zu sich holen...* Wieder ging ihm die Erzählung von Robins

Großmutter durch den Kopf. „Und was, wenn ich ihm direkt in die Arme laufe?" Unvermittelt blieb Jonas mitten auf dem Weg stehen. Angst lähmte ihn. Unfähig auch nur einen Schritt zu machen, sackte Jonas zusammen. Die Taschenlampe fiel ihm aus der Hand und rollte ins Gras. Regen vermischte sich mit den Tränen, die brennend über seine Wangen strömten. Jonas wollte sie wegwischen, aber sein Handrücken schrammte schmerzhaft über sein Gesicht. Auch hier hatte sich dicke Rinde gebildet. Vorsichtig zog er den Ärmel zurück und erschrak: fast sein ganzer Unterarm war inzwischen von Borke bedeckt. Doch der Schock motivierte ihn weiterzugehen. „Wenn ich ihm etwas zurückgebe, dann hat das alles ein Ende." Entschlossen hob er die Taschenlampe auf und ging weiter.

Endlich erreichte Jonas den Waldrand. Etwas ratlos zog er den Tannenzapfen aus der Jackentasche. Als er ihn gerade auf den Boden legen wollte, sah er einige Meter vor sich einen Schatten vorbeischnellen. Zitternd richtete er den Lichtstrahl nach vorne, knapp dreißig Meter vor ihm erkannte er die Silhouette des alten Mannes. „Ich bringe dein Geschenk zurück!", flüsterte er mit brüchiger Stimme. Der Schemen wandte sich zum Gehen. „Bitte nimm es zurück!" Jonas folgte ihm unsicher und rief noch einmal: „Nimm es zurück, ich will es nicht haben!" Doch er erhielt keine Antwort. Stattdessen entfernte sich der Schatten weiter von dem hilflosen Jungen. Verzweifelt begann Jonas seine Schritte zu beschleunigen, ohne zu merken, dass das Licht seiner Taschenlampe merklich schwächer geworden war.

„Bitte nimm es zurück!" Bettelnd lief Jonas durch den Wald. Rutschte auf dem schlammigen Weg aus, kam wieder auf die Beine und rannte flehend weiter. Kopflos jagte er dahin, hatte die bekannten Wege und Pfade längst verlassen, bis er merkte, dass er den Schatten schon eine Weile nicht mehr gesehen hatte. Seine Lampe erlosch mit einem letzten Flackern und ließ ihn allein in der vollkommenen Finsternis zurück.

Jonas hatte das Schreien aufgegeben und tastete sich vorsichtig voran. Seine Tränen waren versiegt und seine Mission vergessen. Er wollte nur noch nach Hause. Zurück zu Licht und Wärme. Zurück in die Arme seiner Eltern. Zumindest der Regen hatte aufgehört. Entkräftet schleppte er sich vorwärts. Vor ihm lag eine kleine Lichtung und es kostete ihn alle Kraft einfach nur weiterzugehen. Seine Beine waren schwer wie Beton, als er den Rand der Schneise erreichte und die Wolkendecke sich für einen Moment öffnete. Entsetzt stellte er fest, dass nicht allein die Erschöpfung ihm das Gehen so schwer machte: dünne Wurzeln krochen aus seinen Hosenbeinen und suchten Halt im nassen Waldboden. Er konnte zusehen, wie sie dicker wurden, sobald sie die fruchtbare Erde erreichten. Jonas versuchte sich weiterzuschleppen. Doch zu spät. Die Wurzeln hatten sich bereits fest ins Erdreich gebohrt und hielten ihn erbarmungslos fest.

Sein ganzer Körper war wie gelähmt. Er sah, wie kleine Zweige aus seinen Ärmeln schossen, spürte noch wie Rinde über sein Gesicht wucherte, bevor sie seine Augen erreichte und ihn schließlich vollends bedeckte. „Mama... Papa... ich will nach Hause...", verblasste der letzte Gedanke in Jonas' Bewusstsein.

Im Mondlicht schritt der seltsame Mann über die Lichtung und beugte sich zärtlich über eine kleine, verkrüppelte Tanne, um sie in seinem Reich willkommen zu heißen. In der Hand hielt er einen neuen Tannenzapfen und Emmas Haarband.

Der Schrecken in der Rue d'Hathedeux
Vanessa-Marie Starker

Wenn heutzutage von der Rue d'Hathedeux die Rede ist, senken die Leute ihre Stimmen. Nur flüsternd munkelt man über die grauenhaften Geschehnisse, die auch heute – knapp 100 Jahre später – den bewohnenden Generationen der Straße einen Schauder über den Rücken treiben. Nicht viel ist übrig von meiner erschreckenden, wie traurigen Geschichte. Verkommen zu einem Ammenmärchen, welches man seinen ungehorsamen Kindern erzählt, friste ich mein elendes Dasein in dem heute wie damals alten Haus im Empirestil am Ende der Straße, welches die Zeiten überdauerte.

Trotz, dass mein Leben heute nur noch eine von vielen Geistergeschichten voll blasphemischem Grauen ist und über die Jahre ausgeschmückt und Wissenslücken mit Phantasmen der eigenen Vorstellungskraft gefüllt wurden, wagte keiner je wieder einen Fuß in die Nähe des Grundstückes zu setzen und so verkam das Gebäude, ausgesetzt den Kräften der Natur. Kaum jemand weiß auf welchen wahrhaftig grauenhaften und geisteszermürbenden Tatsachen die Legenden um dieses Haus und meiner Selbst beruhen. An meinen Namen oder den eines anderen Beteiligten der traurigen Morbidität von Realität erinnert sich heute fast keiner mehr. Auch wenn viele vergessen mögen, was hier oder an anderen Orten geschehen musste, um die Legenden alter Völker entstehen zu lassen, hoffe ich mit meiner Geschichte nicht gänzlich in die treibsandähnliche Erstickung der Vergessenheit zu geraten.

Der eigentlich schockierende Höhepunkt in diesem grotesken Akt des Lebens ereignete sich in diesem Haus in der Rue d'Hathedeux, doch um die verworrenen Phantasmen voll morbidem Scharm zu verstehen, werde ich weiter ausholen müssen. Zurück, viele Jahre zurück zu dem Zeitpunkt, als ich mit meinem Bruder das Heimatland verließ, um nach Paris zu ziehen.

Bevor ich zu einer verschwommen Legende verkam, trug ich den Namen Valeria Jilnitsch. Schon als ich mit Piotre, meinem älteren Bruder nach Paris kam, begeisterte er sich für die Magie und besonders der Kult um die großen Alten hatte es ihm angetan. In unserer Heimat Rumänien verbrachte er fast seine gesamte Zeit in seinem Labor oder verschiedenen Bibliotheken, um seine absonderlichen Forschungen zu betreiben. Als er die Möglichkeit bekam in Paris an der Sorbonne Metaphysik zu studieren, packten wir unsere wenigen Habseligkeiten und machten uns auf den langen Weg gen Westen. Dort angekommen dauerte es nicht lang, bis Piotre weitere Begeisterte fand, die bald darauf zu seinen Anhängern wurden. Er bildete einen Kult um die Fruchtbarkeitsgottheit Shub-Niggurath und setzte mich als heiliges Medium in dessen Zentrum. Ich genoss es, der spirituelle Mittelpunkt dieses Fruchtbarkeitskultes zu sein und tat mit Eifer und Sorgfalt meine göttlichen Pflichten. Piotre wusste schon lang um meine Rolle zwischen den Mächten. Nachdem unsere Eltern plötzlich verstarben, unterwies er mich in seine Studien, lehrte mich die Geschichte der großen Alten und offenbarte mir meine phantastische, bedeutungsvolle Aufgabe, die aber nicht ohne Bürden sein sollte.

Wir scharrten eine gute Anzahl an Anhängern um uns und unsere Riten und Messen erfreuten sich eines guten Gelingens. In jedem Monat richteten wir eine große Messe zu ehren der Ziege mit den tausend Jungen aus. Unweit der Stadt, doch versteckt gelegen zwischen Wäldern, fanden wir uns zusammen. Fackelschein erhellte die Nacht und tauchte die Kulisse in ein warmes, doch mystisches Licht. Eine Höhle in Mitten kleiner Steinberge, ein natürlicher Altar, den, so war Piotre sich sicher, der große Alte extra für seinen geliebten Kult erschaffen hatte. Und wahrlich, es hätte keine bessere Stelle für unsere Riten geben können. Der große Platz vor dem Eingang des höhlengleichen, natürlich überdachten Altars wurde erfüllt von fremden Klängen altehrwürdiger Musik. Sie floss den Menschen durch Mark und Bein und beflügelte ihre Geister, Freiheit zu suchen. Umringt vom Fackelschein tanzten Männer und Frauen in wilden, ekstatischen Rhythmen in Zirkeln und ließen singend und kreischend ihre Stimmen in der Nacht erklingen.

„Iä! Iä! Shub-Niggurath! Die Ziege mit den tausend Jungen!"

Die Luft flimmerte und vibrierte von der Hitze dieser Tänze. Männer wie Frauen konnten sich ihrer Lust kaum erwehren. Mit jeder neuen Runde wurden sich mehr Kleidungsstücke entledigt, Hände gingen im Tanze wandern und ihre Stimmen schrillten lauter durch die Bäume. Das war der heilige

Moment meiner Opfergabe. Piotre brachte mit einer ausladenden Geste die Menge zum Schweigen und wies zwei der Männer an, das heutige Opfer zum Eingang hinauf zu geleiten. Eine junge Frau, vielleicht ein Mädchen, wurde zu mir gebracht und kniete vor mir nieder. Ihre unverkennbare Schönheit begann langsam zu reifen. Sie lächelte mit strahlenden Augen zu mir herauf und ich sah, wie überglücklich sie war auserwählt zu sein der großen Shub-Niggurath durch ihr Opfer zu dienen. Ich strich in einer segnenden Geste über ihre Stirn und wand mich an unsere Anhänger. Während ich zu ihnen sprach und unserer Göttin für ihre unendliche Gnade dankte, wurde die junge Schönheit von einem der Männer wieder auf die Füße gezerrt. Der Zweite riss ihr die Kleider vom Leib, so dass sie nackt und hilflos vor mir, dem Kult und unserer Göttin stand. „Bist du Jungfrau?" fragte ich für alle hörbar und sie antwortete aufrichtig, mit einem eifrigen: „Ja." Das war die heiligste unserer Regeln. Ich, als Opferleiterin und spirituellem Mittelpunkt habe rein, unbefleckt und unschuldig zu sein, sowie die stets weiblichen Seelengefäße, die ihrer Heiligkeit geopfert werden. Mit erhobener Klinge verfiel ich in einen Singsang.

„Iä! Iä! Shub-Niggurath! Die Ziege mit den tausend Jungen!"

„Iä! Iä! Shub-Niggurath! Die Ziege mit den tausend Jungen!"

Mit dem heißen Messer ritzte ich ihr das blasphemische Zeichen unseres Kultes in die Brust und vor den Augen der Anhänger schnitt ich ihre

jungen Brüste ab. Sie schrie voller Schmerz, doch ihr Blick verriet ihre Hingabe und den Stolz, den sie empfand, als sie vor der
„Iä! Iä! Shub-Niggurath! Die Ziege mit den tausend Jungen!"
kreischenden, tanzenden Menge gehalten wurde und ihr das Blut über den Körper lief. So ging es nicht jedem Auserwählten. Für manche war es eine Qual und sie erwehrten sich entgegen ihrer Bestimmung, was den Opferritus manchmal erschwerte. Während sie von der Menge bejubelt wurde und die fremdartig rhythmischen Klänge der Musik durch die Bäume flirrten, trat ich hinter sie und erlöste ihre Seele unter dem ekstatischen Schreien der Tanzenden, auf das sie zur mächtigen Shub-Niggurath aufsteige und sich ihr dienlich zeige, indem ich ihre Kehle aufschlitzte. Frauen fingen das frische Blut mit hölzernen Schalen auf und brachten es zu Piotre, der es weihte und unter den Anhängern verteilte, auf das sie ihre Kehlen damit feuchten und die Ziege mit den tausend Jungen ihren Kinder Fruchtbarkeit schenkte. Durch das Opferblut, sowie die zügellosen Tänze in berauschende Ekstase versetzt fielen einzelne Anhänger regelrecht übereinander her und frönten ihrer Fruchtbarkeit vor aller Augen. Tanz und Akt der Vereinigung gingen fließend ineinander über, das eine wurde zum Teil des anderen. Kreischen, Gesang, Lustschrei und Stöhnen war zu vernehmen, mischten sich zu einem grotesk anmutenden Loblied und Gebet.

Während seiner Studien lernte Piotre einen

Franzosen kennen, Jaque. Er war ein junger, enthusiastischer Mann und begeisterte sich schnell für unseren Kult und ganz besonders für mich. Auch ich war ihm schnell verfallen und konnte mich seiner nur schwer erwehren. Doch Piotre sah in ihm nicht einen der vielen Anhänger, die wir um uns scharrten. Er sah in ihm etwas... Besonderes. Nachdem Jaque an einigen Messen und Zeremonien teilgenommen hatte offenbarte mir mein Bruder, dass Jaques eine Art Auserwählter sei. Er erzählte mir von einer Vision, die der tod-träumende Cthulhu selbst in seine Träume gesandt habe, in welcher Jaque und ich gemeinsam als spiritueller Mittelpunkt des Kultes die Fruchtbarkeit der großen Shub-Niggurath empfangen. Meine anfänglichen Zweifel, basierend auf meiner streng gehüteten Reinheit aufgrund der Opferhaltung, wurden schnell verwischt von meinem blinden Vertrauen in meinen Bruder und meiner Gefühle für Jaque.

So hielten wir innerhalb unseres Zirkels eine Hochzeit ab und Jaque wurde in den Stand eines Hohepriesters und Opferleiters gehoben. Er brach das Studium der Metaphysik ab und widmete sich ganz den Aufgaben und Pflichten des Kultes. Doch nachdem Piotre von Jaques Herkunft erfuhr, drängte er auch auf eine gesellschaftlich anerkannte Hochzeit in Jaques Heimat und so kam es, dass wir gemeinsam zu seinem Elternhaus aufbrachen und genauso gemeinsam unser aller grauenhaft anmutendes Schicksal besiegelten, ohne auch nur eine Vorstellung von den erschreckenden Fäden zu haben, mit welchen uns die Götter in ihre Rache und unser Verderben lenkten.

Jaques Vater, Monsieur Rene war nicht sonderlich begeistert von den Planänderungen seines Sohnes. Doch wer sollte es ihm verübeln? Außenstehende empfanden unseren Zirkel als unsittlich, blasphemisch und manche sogar als krank. Sie verstanden nichts von den heiligen Riten, der Hingabe zu den Göttern und der Wichtigkeit unserer Messen. Doch trotz seiner Ungnade gegenüber meinem Bruder und mir, akzeptierte der Monsieur unsere Anwesenheit und die Entscheidung seines einzigen Sohnes. Wohl aus Liebe und dem närrischen Glauben, es würde sich bei Jaque nur um eine Phase handeln. Verblassendes Interesse am Neuen und Morbiden. Am wenigsten jedoch, verstand Monsieur Rene den Grund, warum Piotre uns begleitete, um über meine Jungfräulichkeit zu wachen. Ich merkte schnell, dass er mich für eine Hexe, ein Dämonenkind hielt, was alles andere als jungfräulich sei. Unsere Erklärungsversuche prallten an dem alten Herrn ab, als würden wir gegen eine steinerne Wand reden.

Trotz der weiten Distanz zu unserem Zirkel, erlosch Jaques Interesse an unseren Lehren und Studien nicht. Er und Piotre führten oft hitzige Debatten über Shub-Niggurath, den großen Cthulhu und die heilige Stadt R'lyeh. So verschlossen sein Vater unserem Kult gegenüber stand so interessiert, offen und wissbegierig saß Jaque während dieser Diskussionen mit Piotre zusammen auf der Veranda. Bei vielen Erzählungen und Legenden hörte er aufmerksam zu und merkte sich so viele Details wie möglich, während sein Blick nachdenklich in die

Ferne schweifte. Er sog jedes Wort meines Bruders regelrecht auf und beteiligte sich mit seinem Wissen und dem scharfen Verstand an vielen Gedankenexperimenten. Oft blickte ich den beiden nach und wünschte mir, an den Debatten und Experimenten teilzunehmen. Trotz der Bemühungen, Monsieur Rene eine gesittete und fromme Schwiegertochter zu sein, was mir leichter fiel als man vermuten mag, sehnte ich mich zurück nach Paris. Ich vermisste die Nähe zu unseren Anhängern und meine Pflichten als Opferleiterin. Die Gesänge, rhythmischen Klänge fremder Musik und die ekstatischen Tänze voller Leidenschaft und Lust rissen ein Loch der Sehnsucht in mein Herz und ich konnte es kaum erwarten, in diese heilige und eigene Welt zurückzukehren. Durch den Verlust unserer Eltern war ich mit Piotre früh allein und der Fruchtbarkeitskult ist mir Familie geworden. Eine Familie, die ich nun mehr als schmerzlich vermisste.

Leider bemühte sich Piotre nicht so sehr wie ich, Jaques Vater eine Familie zu sein. Immer wieder erschauderte er den alten Herrn mit teils morbiden, teils phantastischen Geschichten aus der Zeit der großen Alten oder einer Stadt namens Innsmouth. Er nutzte zu Staub zerfallene Sprachen und labte sich meist an dem Überlegenheitsgefühl, was sich dadurch bei ihm einstellte.

Abgesehen von diesen kleinen Zwischenfällen verlief die Zeit in Jaques Heim ruhig, fast ereignislos. Bis zu diesem Tag im Sommer 1914. Jaque wurde als Fliegeroffizier an die Front gerufen. Von da an schien die Zeit schneller zu verlaufen, als könne sie es nicht erwarten an dem erschreckenden Höhepunkt dieser Tragödie anzukommen. An unserem letzten gemeinsamen Abend bettelte ich meinen Geliebten regelrecht an, sich nicht in die zerstörerischen Zangen dieses Krieges zu begeben. Ich erzählte ihm von einer grauenhaften Vision, die mich Tage zuvor in meinen Träumen heimsuchte. Ich sah ihn sterben. Diese Vision war unser letzter Weckruf, die letzte Chance umzudrehen und das vorherbestimmte Schicksal, welches uns hinter dieser Tür der Zukunft erwartete, abzuwenden. Doch das begriff ich erst viel später. Jaque beruhigte mich. Sein Entschluss stand fest, seine Vaterlandsliebe ging tiefer als der Glaube in meine Visionen und auch er verkannte die letzte Chance, die uns in diesem Moment geboten war. Als Piotre sich einmischen wollte, entbrannte ein heftiger Streit zwischen den beiden. Piotre gab mehr auf meine Visionen und verweigerte den Dienst, was in Jaque eine schier unbändige Wut entfachte. Er beschimpfte meinen Bruder als vaterlandslosen Gesellen und wurde in seiner Tirade noch wesentlich ausfallender. Als Piotre vor Wut die Beherrschung verlor und zuschlug, verließ Jaques mit einer blutenden Nase das Haus.

Für den Rest des Abends schloss ich mich selbst in meiner Dachkammer ein. Zu groß waren der Schmerz und die Angst um unsere ungewisse Zukunft. Als meine Tränen versiegten und ich die Kerzen löschte, um zu Bett zu gehen, erschreckte mich ein Kratzen am Fenstersims und eine dunkle Gestalt, die sich in mein Fenster presste. Meine

Augen gewöhnten sich langsam an die Dunkelheit und als ich meinen Jaques erkannte, konnte ich meinen Schrei noch unterdrücken. Ich öffnete das Fenster und er kletterte in meine Kammer. Seine Arme schlangen sich um mich und wir verharrten in einer kleinen Unendlichkeit beieinander. Als wir uns aus der Umarmung lösten, sah ich mit tränennassen Augen zu ihm auf. Angst schnürte meine Kehle zu. Angst ihn zu verlieren. Angst vor dieser Vision und ihrer grauenerregenden Bedeutung. Wir sahen uns beide nur an, unfähig die richtigen Worte zu finden, um irgendetwas zu sagen. Sein Entschluss stand fest und ich konnte ihn mit nichts umstimmen, dass sah ich in seinen Augen. Sowie er die Sorge und Angst in meinen sah. Er zog mich zu sich ran und ich konnte seinen Atem in meinem Nacken spüren. Dann küsste er mich. Das erste Mal berührten seine weichen Lippen die meinen und wir versanken ineinander. Bis zu seinem kurzen Abschied brauchten wir die restliche Nacht lang keine Worte. Sie waren nur Schall und Rauch, unfähig auszudrücken, was wir empfanden.

Der Krieg war lang und hart und wir hörten selten von Jaque. Bald nach seiner Abreise erkrankte ich schwer. Mein Körper schien mir nicht mehr zu gehorchen, er schien kein Teil mehr von mir zu sein. Schwach, von Krämpfen und asthmaartigen Hustenanfällen geschüttelt war ich ans Bett gefesselt. Schnell verschlechterte sich mein Zustand und ich nahm alles nur noch unter einem grauen Schleier, durch die Fieberträume war. Rene schien mehrere Ärzte um Hilfe gebeten zu haben. Die

Stimmen, die zu mir durchdrangen, ohne ein Wort zu sagen, klangen zu unterschiedlich und vermischt, um von nur ein oder zwei Menschen zu stammen. Doch keiner konnte mir helfen. Ich wusste zuerst nicht, was mit mir geschieht und an welcher seltenen Krankheit ich wohl litt, bis mir meine Fieberträume die Tragweite meines Handelns und den Grund meines qualvollen Todes zu erklären schienen. Eine Mischung aus Traum und Vision spielte sich in meinem Kopf wieder und wieder ab. Irgendwann wurden die Schmerzen erträglicher. Sie waren nicht weg, nur dumpf in den Hintergrund getreten. Sie gaben mir Opium. Ein eindeutiges Zeichen, dass sie mich aufgaben und mir bloß das Sterben erleichtern wollten. Mein Körper schwand unter den Anstrengungen des Todeskampfes regelrecht dahin. Wenn meine Fieberträume mir meinen geliebten Jaques zeigten, rief ich nach ihm. Ich schrie regelrecht, bis meine Lunge brannte und ein erneuter Husten meine Glieder schüttelte, doch kaum ein Flüstern entstieg meiner Kehle. Neben der Vision des sterbenden Jaques drängte sich irgendwann jedoch eine weitere in mein Bewusstsein. Ich sah Piotre, der einsam eine dunkle Messe abhielt. Auf dem Boden ein Pentagramm, darauf eine reglose Gestalt, die ich nicht erkennen konnte. Wieder und wieder viel Piotre in den Singsang.

„Y'AI'NG'NGAH, YOG SOTHOTH H'EE-L'GEB F'AI THRODOG UAAAH"

Als mir gewahr wurde, was ich da sah, überkam mich eine grauenhafte Übelkeit und Krämpfe schüttelten erneut meine sterbenden Überreste. Ich schrie. Wieder und wieder schrie ich in die Vision, nicht in der Lage mich zu rühren oder dieses Martyrium zu beenden. Wie zuvor nach Jaques, schrie ich diesmal nach Piotre, jedoch aus Furcht und Gewissheit dessen, welch Unheil über uns gekommen ist. Ich schrie wieder und wieder, er dürfe Yog Sothoth nicht beschwören.

In den wenigen Momenten, in denen ich schwach und ausgezehrt aus meinen Fieberträumen erwachte, erkannte ich verschwommen Rene an meinem Bett sitzen. Er wachte über mich und pflegte mich in meinen schwersten und letzten Tagen.

An dieser Stelle sollte man meinen, dass meine Geschichte damit endet. Dass der grauenhafte Höhepunkt dieser Litanei in meinem schmerzhaften, verdienten Tod liegt und nur die Trauer Jaques und Piotres, sowie der Anhänger des Kultes und, auf kuriose Weise, Monsieur Renes als Schließung des Spannungsbogens folgen. Doch die traurige Wirklichkeit sieht, wie so oft, anders und weit schreckenserregender aus, denn diese, meine Geschichte, welche bis hier hin schon angefüllt von blasphemischen Phantasmen einer Morbidität geprägt war, sollte auf die erschreckendste, nie endende Weise weitergehen, wie kein Mensch es in seiner Vorstellung hätte erahnen können. Tatsächlich war ich in dieser Nacht unter schweren Krämpfen dem hohen Fieber erlegen. Ich war tot. Nicht scheintot. Nicht im Koma. Nicht im Todesschlaf. Ich war schlicht und ergreifend tot. Doch sollte ich es nicht bleiben…

Durch die triefende Dunkelheit, die meinen

entschwundenen Geist umgab, drangen Töne in mein träumendes Bewusstsein. Die zähe Masse, welche mich gänzlich aufgenommen zu haben schien, wurde dünner und begann kaum merklich zu flackern. *Was war das? Was passierte? Was passierte mit mir?* Mein vergessener Verstand, ohne Gefühl für Raum oder Zeit, war nicht in der Lage die fremdartigen Klänge, die aufflackernden Lichtpunkte oder die verzerrten Silhouetten dunkler Gestalten zu erfassen und zu begreifen. Eine Hektik erfasste die Lichtpunkte und die kryptischen Klänge begannen nach und nach eine Form anzunehmen. Wie ein Singsang schwirrten sie um meine hüllenlose Existenz. Sie zogen und zerrten an mir. Langsam brach der Mantel der Unwissenheit und einzelne Eindrücke, Bilder, Klänge, Gerüche kehrten zurück in meinen Geist. Erfüllten ihn langsam mit Leben. „*Y'ai'ng'ngah...*", das rhythmische Surren begann Silben und Worte anzunehmen, die ich zuerst nicht verstand. Ich begann zu fühlen. Wie durch einen tauben Schleier begann ich eine kalte, menschliche Hülle zu spüren. Mein Geist schien wieder in ein Seelengefäß gefüllt zu werden. *Fühlt sie sich so an? Ist das eine Wiedergeburt?* Die Fragen schwirrten durch meinen neu gewonnen Kopf. „...*L'GEB F'AI...*", Diese Klänge... diese Worte... Ich kenne sie. *Doch was bedeuten sie?* Die Erkenntnis traf mich mit der Wucht eines auffahrenden Güterzugs und katapultierte mich augenblicklich in Mitten dieses unwirklichen, schreckenserregenden Augenblicks. „...*YOG SOTHOTH...*" Erst dachte ich, die Vision sucht mich auch im Tod noch Heim, doch schnell nahmen die schemenhaften Silhouetten des Grauens eine morbide Form an und mir wurde gewahr, dass ich mich in Mitten der tragischen Realität befinde. *„…UAAAH!!"*, schrie Piotre in seiner Trance und stürzte sich auf meine tote, doch nicht leere Hülle. Auch ich wollte schreien, meine Seele schrie sich heißer, doch mein Körper lag weiterhin reglos da.

„Y'AI'NG'NGAH, YOG SOTHOTH H'EE-L'GEB F'AI THRODOG UAAAH"

Wieder und wieder sang Piotre die dämonischen Zeilen, die den großen Yog Sothoth anriefen. Hilf- und wehrlos musste ich mitanhören, wie mein Bruder, aus Liebe oder Habgier, vielleicht auch aus purer Verzweiflung oder einem krankhaften Wahn den Gott beschwor, der Vergangenheit, Gegenwart und Zukunft in sich vereint, um meine sterblichen Überreste wieder zum Leben zu erwecken.

„Y'AI'NG'NGAH, YOG SOTHOTH H'EE-L'GEB F'AI THRODOG UAAAH"

Als ich die Kontrolle über meinen Körper wiedererlangte, öffnete ich kaum merklich meine Augen. Mein Körper war schwach und taub. Mit aller Kraft versuchte ich mich gegen den Zwang der Auferstehung zu wehren und meinem Geist die Ausfüllung meiner einstigen Hülle zu untersagen, doch ohne Erfolg. Der Singsang meines Bruders zeigte Wirkung und Yog Sothoth schien ihm wohlwollend gesinnt zu sein. Unter Schmerzen begann mein Körper zu krampfen als Piotre seine Lippen auf meine presste und zwischen seinen schwarzmagischen Formeln begann mir den Hauch des Lebens aufzuzwingen. Ich wehrte mich so gut ich konnte und meine Seele schrie unter den brennenden Schmerzen, die mich überkamen als mein Körper und mein Geist ein neues Band der Verknüpfung aufnehmen wollten. Langsam entwich das Taubheitsgefühl in meinen Gliedern. Ganz langsam, als würde man mit einer Kerze das Eis um eine gefrorene Pflanze auftauen, tropfte die zäh triefende Dunkelheit von mir ab und mein Körper kribbelte und zuckte. Piotre presste mich auf den Boden, zwang mich wieder zum Leben und wiederholte ohne Unterlass seine blasphemischen Anrufungen. In seiner wilden Ekstase erregt durch den eigenen Singsang und die Kraft des Gottes, bemerkte er die Krampfwelle zu spät, die durch meinen elektrisierten Körper fuhr. Als er sich erschreckte, biss er ausversehen und unkontrolliert zu. Es war ein Reflex, der die blasphemische Morbidität der Situation in eine ganz neue, noch grauenhaftere Richtung lenkte als sie vorher schon einnahm. Durch den Schreck, den Piotre erlitt, als er meine Zunge von meinem restlichen Körper trennte, unterbrach er die dunklen Anrufungen und die Beschwörung brach ab.

Vorsichtig, um nicht zu sagen ängstlich trat mein Bruder an meinen nun mehr stillen Leib. Er ruckelte einige Male an mir und sprach mich an. Ich hörte seine Worte. So voller Furcht, aber auch erregender Ekstase aufgrund des Ritus. Ich schrie ihn an, so laut ich konnte schrie ich ihn an. Wieder und wieder. Doch aus meinen Lippen entwich kein einziger Laut. Ich wollte aufspringen, ihm in die Arme. Weinend vor Glück wieder zu leben, doch auch aus Angst vor dessen, womit uns die Götter für diese blasphemische Tat strafen werden. Doch mein Körper blieb reglos. Ich starrte ihn an, versuchte, aus meinem Gefängnis aus Fleisch und Blut auszubrechen. Jegliche Bemühung war vergebens und ich schrie noch mehr, als mir gewahr wurde, welch schreckliche Strafe wir bereits erhielten. Durch die Teilung meines Körpers und die damit einhergehende Unterbrechung des Ritus, blieb ich in dieser Zwischenstufe der Auferstehung. Gefangen in meinem eigenen Körper, unfähig ihm Leben einzuhauchen. Auch in Piotres Kopf schienen die Zahnräder so langsam weitergelaufen zu sein, was so eben geschehen war. Die Erkenntnis dessen, was er soeben getan hatte, schien ihm schier den Verstand zu rauben. Aus Angst vor den Göttern und wohl auch vor einer Rache seiner geliebten, kleinen Schwester, nahm er meine Zunge an sich und trug sie als Talisman um seinen Hals. Als wäre all diese dunkle Blasphemie nicht schon morbide und irrational genug, begann Piotre dennoch wild hin und her laufend zu überlegen, wie er sich den Platz in diesem Anwesen zusichern und der Wut seines Schwagers Jaque entziehen konnte.

Innerhalb seines kranken Wahns konstruierte er jene ausgefallene Apparatur, welche mein Spiegelbild in die Küche des Hauses projizierte, während ich im Keller gefangen blieb. So wurde ich nun auch zur menschlichen Marionette meines geliebten Bruders. Unfähig mich in irgendeiner Weise bemerkbar zu machen oder die Kontrolle über meinen Körper gewinnen zu können, musste ich von da an mit ansehen, wie Piotre sowohl Monsieur Rene als auch meinen, angeschlagen aus dem Krieg zurückgekehrten Jaque an der Nase herumführte. Jeden Abend kam Piotre in den Keller geschlichen und brachte verschiedene Öle, Salben und Parfüms mit. Trotz meiner Gefangenschaft im eigenen Körper, war eben dieser dennoch nicht geschützt vor der Fäulnis des feuchten Kellers und dem natürlichen Verwesungsprozesses, auch wenn er in meinem Falle äußerst langsam von statten ging. So tat Piotre jeden Abend sein Bestes, meine scheinbar leere Hülle zu konservieren und mich mit Puder und Rouge ansehnlich zu gestalten. Nach monatelangen Studien der Nekromantie, begann er bald wieder mit seinen schwarzmagischen Formeln und Beschwörungen, stets das Ziel vor Augen sich seine Schwester und Jaque seine Frau zurück zu bringen. Oder auch nur aus der schrecklichen Faszination dieser Lehren heraus und des morbiden Glücks ein Versuchsobjekt zu haben.

Mit der Zeit fiel mein Geist wieder in einen unruhigen, tranceartigen Schlaf und alles zog in dunstigen Schwaden wie durch Nebel an mir vorbei. Bis zu diesem Morgen, an dem mich ein dumpfes Poltern und zwei Stimmen weckten, die hitzig miteinander diskutierten. Aufgrund der langen Zeit, die ich so reglos in diesem faulenden Gefängnis verharrte, versank ich jedoch so tief in diesen Trancezustand, dass es mir schwer fiel durch den Nebel zu gehen, der meinen Geist umwob. Als die Stimmen lauter wurden, erkannte ich meinen Bruder,

der, bedacht darauf nicht zu laut zu werden, mit meinem geliebten Jaque stritt. Durch die dicke Kellertür drangen nicht genug Worte, um zu verstehen worum es ging, doch ihre Stimmen verrieten, wie wütend beide waren. Plötzlich beendete ein dumpfer Schlag gegen die Tür das Gespräch und es wurde still. Langsam sickerte eine dunkle Flüssigkeit unter der Tür durch. Die Scharniere knarzten leise, als sie sich öffnete. Mein Blick fiel auf eine Gestalt, die sich dahinter auf dem Boden krümmte. Nachdem Jaque einen vorsichtigen, zittrigen Schritt in die Kellerräume wagte, wusste ich, dass es mein Bruder Piotre war, der in einer Blutlache seine letzten Atemzüge tat. Jaque war sichtlich schockiert von dem grauenvollen Anblick, der sich in seinen Kopf brennen und ihm den Verstand rauben sollte. Unsicher und langsam trugen ihn seine Beine zu mir. Seine zitternde Stimme drang durch den Nebel an mein Ohr. Er sagte meinen Namen als wäre es eine von Piotres schwarzmagischen Beschwörungsformeln. Als er an meinem Körper ankam, berührte er meine Lippen sachte mit seinen Fingern. Er konnte nicht begreifen, was er da sah. Das sah ich in seinen Augen. Dieses groteske Bild derer, die er liebte und dessen Abbild in der Küche er all die Zeit für die kalte Realität gehalten hatte, trieb den geschundenen Mann nun an den Rande eines Nervenzusammenbruchs. Oder darüber hinaus. Tränen rollten ihm still und stumm aus den Augen und über seine geröteten Wangen. Von dem enthusiastischen, lebensfrohen Mann, wie ich ihn vor Jahren in Paris kennenlernte, war nun nichts mehr übrig. Nur eine leere Hülle, ein krankhaft verzerrtes Abbild dessen, was ich einmal meine Liebe nannte, stand vor mir und schrie. Einen gellenden Schrei, der aus purem Schmerz und reiner Verzweiflung bestand. Er schnitt die Fäden ab und mein Körper, ganz ohne Halt, fiel zu Boden. Jaque schrie wieder und wieder, als er herumwirbelte und den gesamten Raum verwüstete. Er zerriss Piotres Schriften und verfluchte den Teufelspriester, der seine geliebte Valeria dieser Tortur unterzog. Nachdem er fertig gewütet hatte, sackte er an einer Wand in der Ecke zusammen. Sein Brustkorb hob und senkte sich hektisch und presste die Luft stoßweise aus seinen Lungen. Wie gebannt starrte er auf meinen reglosen, doch nicht leblosen Körper.

Durch den Lärm aufgeschreckt, betrat nach einer Weile Monsieur Rene zaghaft die Kellerräume. Als seine Augen sich an das spärliche Licht gewöhnten, welches durch die offenstehende Tür drang, schweifte sein Blick durch den Raum und fiel schließlich auf meinen, in einem staubigen Pentagramm liegenden Körper. Auch aus Renes Gesicht wich die Farbe und er sah aus, als würde er sich bald übergeben. Er machte einen Schritt auf mich zu, stockte jedoch als er den schwer atmenden, invaliden Jaque im Schatten bemerkte. Jaque sprang auf und war mit einem Satz zwischen meinen Überresten und seinem Vater. „Nein!" hörte ich ihn rufen. Von dem restlichen Redeschwall, welcher ihn überkam, waren für mich nur einzelne Fetzen zu verstehen. „„...Teufel hat sie beschmutzt...", „„...sie starb..." Wahnsinn und Schmerz lagen in seiner

Stimme und er überschlug sich mehrmals ob der Flut an grauenhaft grotesken Fakten, die aus ihm heraus sprudelten. „Er hat ihre Leiche… Yog Sothoth angerufen… Necronomicon..“ Langsam, wie durch brackiges Wasser drangen seine Worte durch meine Hülle in meinen Geist. Die krankhafte Zusammenfassung der morbiden, irrsinnigen Realität riss mich mit sich, erdrückte mich und hallte in der Unendlichkeit meines verwesenden Seelengefäßes wieder. Jaque erkannte die ungeheure Gefährlichkeit, welche diesen Ort und all seine Bewohner in seinen kalten Fängen hielt, doch sein Verstand, vom Krieg zermürbt und nun restlos zerstört, war nicht mehr in der Lage, einen klaren Gedanken zu fassen oder sinnvoll zu Handeln. Mein geliebter Jaque hatte angesichts der blasphemisch anmutenden Phantasmen dieser Tragödie den Verstand verloren. „Alle müssen sterben…", meine grauenhafte Vision von Jaques qualvollem Tod drängte sich wieder in mein Bewusstsein. Ein Schrei, unverkennbar aus Jaques Kehle, drang an mein Ohr und im Dämmerlicht sah ich, wie er auf seinen Vater zu sprang. Es dauerte nicht lang und der alte Herr hatte seinen invaliden Sohn überwältigt, doch im Klammergriff der morbiden Grausamkeit dieses Ortes gefangen, erkannte er zu spät, was er da tat, da lag sein Sohn auch schon reglos und tot in seinen zitternden Armen. Ich glaube in diesem Moment musste der Monsieur genauso sehr wie ich an meine Warnung damals, an diesem Sommertag vor vier Jahren, denken.

Mein Hoffen auf ein Ende dieses Martyriums

wurde mir, trotz der wahnwitzigen Tode der Menschen, die mir im Leben die wichtigsten waren, jedoch wieder enttäuscht. Monsieur Rene, im Innern starr vor Angst angesichts des morbiden Laufs, den das Schicksal nahm, wagte es nicht, die Götter, von denen er weiterhin nichts verstand, noch weiter zu reizen. So wagte er es nicht, meinen Körper einem erlösenden Begräbnis hinzugeben, aus Angst vor dem Fluch, der in meinen Knochen steckte, wie eine ansteckende Krankheit. So bahrte der alte Herr meinen scheinbar leblosen Körper in der stickigen Dunkelheit des Kellers auf und führte, Nacht für Nacht, das weiter, was mein Bruder begonnen hatte. Und wieder sickerte die Zeit quälend langsam dahin und gerade, als ich mich mit meinem Schicksal abgefunden hatte und ich dem närrischen Glauben aufsaß, es sei endgültig vorbei, mischte sich wieder der Zufall in mein elendes Schicksal. Monsieur Rene führte nicht nur das Werk meines Bruders fort, sondern trug auch dessen Talisman, meine Zunge, um den Hals, den er bei der Leiche Piotres fand. Als Rene mich dann eines Nachts, fast schon routiniert mit Parfüms, Ölen und Salben präparierte, rutschte der menschliche Talisman unter seinem Hemd hervor und berührte meine Brust. Ein Blitz fuhr durch meinen Körper und für einen Sekundenbruchteil war ich in der Lage das, was von meinen Muskeln nach all den Jahren noch übrig war, zu bewegen. Meine Augen zuckten und ich starrte den alten Herrn direkt an. Er bemerkte meinen Blick und schrie. Ein entsetzlicher Schrei voll Grauen und Furcht entstieg seiner Kehle und er sprang so schnell er konnte aus dem Keller und die Treppe hinauf.

Was er nicht bemerkte war, dass er dabei seinen blasphemischen Talisman verlor, da dieser in meinen Schoß viel. Nach Jahren der stillen Gefangenschaft in meinem eigenen Körper, war ich das erste Mal wieder in der Lage mich zu bewegen. Wie Stromstöße zuckten die neu geknüpften Verbindungen von Geist und Körper durch meine Glieder und belebten meine verwesende Hülle. Langsam fiel die Taubheit von mir ab und ich begann meinen gesamten schmerzenden Körper zu fühlen und bewegen zu können. Nachdem ich meine Zunge wieder an mich nahm, stand ich auf. Meine Beine zitterten unter der ungewohnten Belastung. Langsam schlurfte ich Schritt für Schritt auf die Kellertür zu. Mit jedem Schritt, den ich der Tür näherkam, wuchsen meine Verzweiflung und der Wahnsinn in meinem Kopf. Mein Bruder war tot, sowie meine Liebe, die zuerst dem Wahnsinn verfiel, der nun auch von mir Besitz ergriff und ich… ich war nichts weiter als ein wandelndes Monster. Nicht lebendig und nicht tot. Irgendwas dazwischen und selbst das nicht. Gestorben und auf groteske Weise wiedergeboren. Auferstanden aus dem Reich der Toten, in das Land der verblassenden Legenden, übergetreten in das Reich des Vergessens. Nichts als eine verfluchte Marionette der Menschen und eine grauenhafte Figur im morbiden Spiel der alten Götter. Ich warf mich gegen die Tür. Mit jedem Gedanken, der meinen toten Kopf durchfuhr, warf ich meine rottenden Glieder stärker gegen die Tür und stieß einen schrecklichen Schrei aus, voll

Trauer, Wut und Verzweiflung, überlagert vom Wahnsinn dieses grotesken Schauspiels. Die Tür splitterte unter der ungeheuren Wucht und ich schaffte es, sie zu überwinden. Verzweifelte, von Angst erfüllte Schreie drangen aus dem Haus zu mir heran, als ich langsam die Stufen des Kellers hinauf schlurfte. Als ich oben ankam, versuchte Rene verzweifelt aus dem Haus zu kommen und betete und flehte, ich möge ihn doch verschonen. Als sich die Tür hinter ihm öffnete, als habe sie selbst seine Gebete erhört, kam er dennoch nicht schnell genug davon. Die Angst und der Schock lähmten seine Glieder und ich erreichte ihn in der Mitte der Straße. Der Mond stand hoch und strahlte kalt auf die groteske Szenerie, die sich später Generationen von Bewohnern der Rue d'Hathedeux flüsternd, hinter vorgehaltener Hand erzählen würden. Mit all meiner Wut packte ich Rene am Hals und würgte ihn, so wie er damals seinen Sohn im Keller, vor meinen Augen gewürgt hatte. Immer stärker gruben sich meine verrottenden Finger in sein Fleisch. Tiefer und tiefer, das Blut lief ihm in Strömen über den zappelnden Körper und seine Schreie erstickten in einem gurgelnden Röcheln, bis sich sein Kopf schließlich von dem Rest seines krampfenden Körpers löste und ihn der erlösende Tod ereilte.

Auch angesichts dieses grauenhaften Endes derer, die ich liebte, ist meine Qual nicht beendet. Der erlösende Tod bleibt mir in aller Ewigkeit versagt und ich bin dazu verdammt bis heute – knapp 100 Jahre nach diesen grauenhaften Ereignissen – verkommen zu einem Ammenmärchen, welches man seinen ungehorsamen Kindern erzählt, damit sie zur anbrechenden Abenddämmerung pünktlich nach Hause kommen, mein elendes Dasein in dem heute wie damals alten Haus im Empirestil am Ende der Straße zu fristen. Jede Nacht verlasse ich das Haus und wandle ziellos durch die Rue d'Hathedeux, auf der nie endenden Suche nach meinem Jaques. Trotz, dass mein Leben heute nur noch eine von vielen Geistergeschichten voll blasphemischem Grauen ist und über die Jahre ausgeschmückt und Wissenslücken mit Phantasmen der eigenen Vorstellungskraft gefüllt wurden, wagte keiner je wieder einen Fuß in die Nähe des Grundstückes zu setzen und so verkam das Gebäude, ausgesetzt den Kräften der Natur. Lediglich die Zeit selbst konnte dem Gebäude nichts anhaben, da der Einfluss des angerufenen Yog Sothoth überdauerte und auch mich in meinem Körper gefangen hält, gebunden an dieses Haus, dazu verdammt, auf ewig zwischen den Zeiten zu wandeln. So bezahle ich den Preis meines Teufelspriesters von Bruder für die, meinerseits unfreiwillige, Nekromantie meines zuvor entweihten Leibes und dem damit einhergehenden Betrug an Shub-Niggurath, dessen Strafe Piotre zu umgehen versuchte.

Nordische Tiefen
Leon Siever / Flatinka

Fleisch. Die Quintessenz unseres Lebens. Wir bestehen daraus, nehmen es zu uns und drücken uns selbst dadurch aus. Mehr Fleisch, weniger Fleisch, selbst die kleinsten Ungleichheiten in der morphologischen Struktur des Fleischgebildes, das wir Körper nennen, sorgen für auffallende Unterschiede zwischen jedweder Person. Es sorgt für uns, und wir für es. Eine symbiotische Konvivenz zweier zueinandergehöriger Dinge.

Doch was würde passieren, wenn es sich gegen uns wenden würde?

Nicht nur ich, auch viele andere von Horrorliteratur beeinflusste Personen haben sich solcherlei Fragen gestellt und äußerst groteske Antworten dazu formuliert. Schmerzhafte Spielchen wie ruckartiges Ablösen, langsames Verätzen oder auch das manische Verspeisen eigener Körperteile sind durchaus geläufig, doch sind diese längst nicht so originell wie deren Schöpfer meistens denken. Denn ihre Phantasie ist einfach nicht dafür ausgelegt, sich solcherlei Katastrophen auszumalen und in jedweder künstlerischen Form zu verdeutlichen. Es würde ihnen beim Schaffen solchen Übels im Herzen und der Seele schmerzen.

Aber es bedarf auch keiner solcher Phantastereien: Denn die Taten und Schrecken, die noch vor einigen Jahren Realität hätten werden können, liegen ferner als jedwede plumpe Imagination und schrecken mehr ab als alle Monster des tiefen Ozeans. Und als einstiger Mitarbeiter und Zeuge der Geschehnisse fühle ich mich in der Verantwortung dazu, einige Jahre nach den erschütternden Geschehnissen die Leidgeschichte derer aufzuschreiben und eine Warnung an die Welt zu senden.

Alles begann am windigen Morgen des 23. Oktobers 1937. Ich war gerade in meinem Büro der Universität Storsköttes eingetroffen und erwartete mit gemischten Gefühlen den Besuch eines britischen Forschers, der mir in einem euphorischen Schreiben von einer Sensation berichtet hatte, an der ich definitiv Interesse hegen würde. Innerhalb des Textes verwendete er sehr alte und unübliche Vokabeln des Englischen, die mir das Übersetzen nur mithilfe meines alten Kommilitionen Eivind Nagell möglich machten. Ein gestandener Linguist mit einer besonderen Vorliebe für indogermanische Sprachen, der mehr Sprachen flüssig sprach als ich Worte auf Norwegisch, Englisch und Latein kannte und stets bereit zum Helfen war. Allein durch seine Fachkenntnis erkannte ich erst die Absichten des schrulligen Briten namens Solomon Crayvan und den Inhalt seines Briefes.

"Hochverehrer Bård Vegard Ellefsen, Professor der Skandinavistik und Doktor der Anthropologie, gestattet mir, mich ihnen vorzustellen: Mein Name ist Dr. Solomon Crayvan von der Oxford University, Fachgebiete Kulturanthropologie, Archäologie und Oryktologie.

Ich weiß, dass sie sich durch das Vermögen ihrer Familie in einer wunderbaren finanziellen Situation befinden und sicherlich den ein oder anderen Satz modernen Goldes in meine Forschungen leiten könnten, die sicherlich auch in ihrem Interesse wären. Als, wie ich hörte, beinahe schon fanatischer Skandinavist und angesehener Sammler historischer Gegenstände aus ihrer Heimat sind sie doch sicherlich an Ruinen interessiert, dessen Erbauer bisher niemand identifizieren konnte. Und mit niemand meine ich in diesem Fall mich, außer mir kennt niemand den Standort der Ruinen.

Verzeiht meine Kurzatmigkeit, doch ich muss mich hüten. Ich kann niemandem außer ihnen vertrauen, und werde euch daher alles in Ruhe erklären, wenn ich ihnen innerhalb der nächsten Wochen einen Besuch in ihrem Büro abstatte. Verhindern können werden sie es nicht, also hören sie mich bis dahin an.

-Solomon Crayvan-

Meine erste Reaktion auf diesen kurzen und seltsamen Brief war Verwirrung. Die Zeilen, die ich soeben gelesen hatte, wirkten wie von einem Kind geschrieben, das seiner Mutter seinen geheimen Zufluchtsort im Wald zu zeigen gedachte und tunlichst darauf achtete, keine Verfolger hinter sich zu behalten. Ich visualisierte Crayvan dabei nicht wie einen gebildeten Akademiker, sondern wie eine Art idealistischen Hobbyforscher, der einen gebildeten Ausländer und Geldgeber für seine närrischen Ausgrabungen benötigte. Viel hielt ich davon nicht.

Aber Crayvans Brief hatte, trotz aller Knappheit,

meine Neugier angefacht. Meine Liebe zu meiner Heimat, dessen Geschichte und somit auch den historischen Bauten desselben war so stark wie der Brite sie in seinem Schreiben beschrieben hatte, und verlangte nach Befriedigung. Es hätte schließlich schon etwas Wunderbares an sich gehabt, eine bis dato noch unbekannte Kultur Skandinaviens zu entdecken und in die Geschichte einzugehen. Daher sah ich in seinem selbstauthorisierten Besuch mehr Positives als Negatives und blickte unserem Treffen hoffnungsvoll entgegen.

Bei mir ein traf er selbst gegen halb zwölf Uhr morgens, mich schon längst in meinem Büro erwartend. Schelmisch hatte er gegrinst, als ich von meinem Toilettenbesuch zurückkehrte und zusammenzuckte, als ich seine Gestalt so auf meinem Sessel sitzen sah. Mit klarstem und nobelsten Englisch sprach er mich daraufhin an und bot mir närrisch meinen eigenen Stuhl vor meinem Schreibtisch an und grinste breit.

Nie werde ich dieses Antlitz vergessen. Der dichte Bart und das schüttere Haupthaar umrahmten sein altes, neckisches Gesicht wie ein Portrait, und lenkten den Fokus auf die trüben, grauen Augen. Sie schimmerten wie ein Teich aus dunkler Milch und erinnerten mich an die wundervoll tiefen Winter des Nordens. Kühl und doch so voller Licht. Mit seinem augenscheinlich maßgeschneiderten Anzug und dem glänzenden Zylinder wirkte er voll und ganz wie ein klassischer Gentleman, noch mehr durch seinen schwarz-silbernen Gehstock mit bearbeitetem Knauf. Ein Stierkopf mit gewundenen Hörnern.

"Guten Morgen Dr. Crayvan, ich habe sie schon beinahe sehnsüchtig erwartet. Aber was genau ist es denn nun, über das sie so dringend und diskret mit mir sprechen wollen?", begrüßte ich ihn mit dem besten, mir möglichen, Englisch und bot ihm mit einer schwungvollen Handbewegung den gepolsterten Stuhl vor meinem Schreibtisch an. Mit formvollendeter Eleganz und einer kleinen Pirouette nahm er darauf Platz, kicherte etwas in sich hinein und beugte sich vor.

"Mein werter Professor Ellefsen – oder kann ich sie Vegard nennen? - ich habe etwas Wunderbares entdeckt. Es ist zwar in seinem jetzigen Zustand nicht so gut als das Phänomen zu erkennen, das es darstellt, aber gerade das ist unser Vorteil! Niemand außer mir – ich meine uns – wird seinen Aufenthaltsort kennen! Aber zu den Details: Ich habe vor einigen Monaten die Nachricht erhalten, dass etwa drei Meilen nördlich von Storskøtte, zwischen den Hügeln des Waldes, eine Höhle mit seltsamen Schriftzeichen an den Wänden entdeckt worden ist. Unter Zuhilfenahme einiger Mittel, die ich vorerst für mich behalten werde, bekam ich die Möglichkeiten dazu, zu diesen Höhlen zu reisen und sie genauer zu druchleuchten. Und raten sie was dort noch auf uns wartet. Es ist nicht nur eine Höhle mit einigen Schmierereien, sondern eine unterirdische Stadt! Ich habe, im Gegensatz zu den Entdeckern der Höhle, die immensen Hohlräume unterhalb des Bodens erkannt! Selbstredend habe ich niemand anderem davon erzählt. Ich habe sie mit der alten "Älteres Futhark ohne nähere Bedeutung, wahrscheinlich eine Art verlassener Grabhügel"-Phrase abgewimmelt und von meiner – ich meine unserer – Entdeckung fortgescheucht. Einfältige Narren ohne Verstand ... die Schrift hatte nicht einmal im Entferntesten Ähnlichkeit mit dem älteren Futhark! Aber es ist egal, jetzt zählen nur wir beide. Kommen sie, ich bringe sie zur Höhle! Sie haben doch ein Auto, oder?"

Etwas überrumpelnd stotterte ich nur " ... ja, natürlich ..." und fand mich im nächsten Moment im Klammergriff des breit grinsenden Oryktologen wieder, der mich hastig durch das Gebäude und über den Campus zerrte, dabei stetig "Schnell, keine Zeit! Wir dürfen keine Zeit verlieren!" flüsterte und mich in mein kleines Automobil drängte. Ich war von all den Informationen und den ratternden Erklärungen Crayvans noch so verwirrt und in Gedanken, dass ich ihm die Schlüssel meines Wagens übergab und anwies, uns sicher zu der von ihm so angepriesenen Höhle zu fahren.

Wie sich zeigte, war Crayvan kein sonderlich guter oder aufmerksamer Autofahrer. Ich bangte bei jeder noch so kleinen Kurve um mein Leben, und ich bin mir sicher, dass uns allein die nicht so oft befahrene Waldstraße im Norden Storskøttes vor dem sicheren Tod bewahrt hat. Wäre zu dieser Zeit jemand anderes aus der gegenüberliegenden Richtung herangefahren, wären wir alle schneller in den Himmel aufgestiegen als uns lieb gewesen wäre. Zu meinem seligen Glück jedoch erreichten wir, unter Verschmerzung einiger Beulen und Kratzer meines Wagens, den Waldrand des Natteskog.

Die dunklen Tannen des alten Waldes erhoben sich ehrfürchtig vor uns und hüllten sich selbst in einen wundervoll schimmernden Schatten der Natur. Gemächlich atmete der Wald wohlige Gerüche von Nadeln, Tau und Gräsern aus und umarmte mich mit zärtlichen Armen, wie eine Mutter ihr geliebtes Kind. Ich schloss die Augen und genoss die Magie des altehrwürdigen Waldes mit all meinen Sinnen. Leider störte Crayvans hektisches Gemurmel und abgehacktes Rennen diesen wunderbaren Augenblick. Ihm fehlte einfach der Geist, die ganz besondere Liebe zur Natur, die den Herzen aller Söhne des Nordens innewohnt. Seufzend folgte ich seinem hastigen Schritt.

Wir marschierten etwa eine halbe Stunde unter den hohen Kronen der Tannen durch den Wald der Nacht, bis Crayvan fröhlich aufschrie und wild mit der rechten Hand auf ein Loch im Boden wies, um das rundherum Schaufeln, Spitzhacken und glitzernde Werkzeuge verteilt waren. „Schnell, kommen sie! Das müssen sie sehen!", rief er mir schon fast aus der Höhle selbst zu. „Es lohnt sich!"
Und so inspizierte ich zum ersten Mal die Höhlen, die der Anfang allen Leids werden sollten.

Nach einigen Wochen voller Vorbereitung schritten die Ausgrabungsarbeiten deutlich voran. Unter Zuhilfenahme meines finanziellen Rückgrats, des Erbes meines Vaters, hatten Crayvan und ich drei diskrete Arbeiter angeheuert, die nötigen Maschinen besorgt und Sorge dafür getragen, dass wir bei unserer Arbeit nicht von „Außenstehenden", wie Crayvan sie immer nannte, behindert würden. Ich persönlich sah zwar in der Öffentlichkeit unserer Ausgrabung kein Problem, doch meine mittlerweile unendliche Neugier ließ mich alle Forderungen Crayvan kommentarlos abwinken, sofern es nur einer Sache diente: Der Enthüllung der Tiefen Stadt, derer ich mit allen Mitteln habhaft werden wollte.

Unsere Ausgrabungen begannen am 2. November, und die Kälte des Winters setzte uns sowie unseren Arbeitern deutlich zu. Sie waren zwar hart und arbeiteten immer weiter, doch ab einem gewissen Grad der Intensität des Schneefalles sah ich der Realität ins Auge, und legte die Unternehmung am 19. November vorerst auf Eis. Es war einfach eine Zumutung, bei solchen Temperaturen und Umständen in einer engen Höhle die nötige Arbeit zu verrichten.

Wieso Crayvan und ich uns das nicht früher überlegt haben fragen sie sich? Nun ja, während Crayvans Ankunft im Oktober zeigte sich der Winter noch ausgesprochen mild, und das Feuer, das der hagere Brite in mir entfacht hatte, hatte meine Zweifel ohnehin in einem beinahe schon ekstatischen Rausch davongespült, sodass ich zu Beginn unserer Unternehmung keinerlei Probleme sah. Der plötzliche Einzug von Kälte und mürrischen Schneegestöbern zu Beginn des Novembers scherte mich zu Beginn noch nicht, und ich appellierte an die sich beschwerenden Arbeiter, sich doch ihrer nordischen Wurzeln zu erinnern und die Kälte ihrer Heimat mit einem Wimperzucken zu überstehen. Mehr oder weniger zufrieden setzten die drei Arbeiter daraufhin unter der stetig wechselnden Aufsicht von Crayvan und mir die Ausgrabung fort, bis Øystein Slæredal, ein kräftiger Bursche von neunzehn Jahren aus dem nahegelegenen Skjolden, über die Folgen einer Erfrierung zweiten Grades klagte und die zwei anderen Arbeiter, Kristian Dagsen und Ted Hølvosk, ähnliche Probleme aufwiesen. Das war am 19. November, und ich verwies alle an das Krankenhaus in Storskøtte mit der Bitte, etwaige ihre Genesung betreffende Kosten einfach an mich weiterzuleiten. Ich würde dafür Sorge tragen.

Als ich am nächsten Tag Crayvan davon berichtete, war er förmlich außer sich. Er war nicht mehr der schrullig humorvolle Brite, sondern führte sich auf wie ein jähzorniger Troll. Mit wüsten Beschimpfungen verfluchte er mein Handeln und bezeichnete die Arbeiter als "schwach" und mich als "dümmlichen Idioten, dem körperliche Bedürfnisse anderer über den Wünschen seines Herzens standen". Und mit noch tausend anderen unflätigen englischen Phrasen, welche ich zum Großteil nicht verstand, verdonnerte er mich und wies mich nach einiger gefühlten Ewigkeit seines Pamphlets an, ihn zu der Ausgrabungsstätte zu begleiten. Und es brannte ein loderndes Feuer in seinen trüben Augen, welches ich in solcher Intensität noch nie erblickt hatte. Noch war es kein Wahnsinn, doch die

Bestimmtheit brannte hell wie eine Kirche in den dunklen Pupillen Solomon Crayvans. Daher folgte ich ihm wortlos ins Auto, drehte den Schlüssel und setzte Kurs auf die Ruinen des Natteskog.

Gegen frühen Abend erreichten wir den Waldrand, und Crayvan rauschte mit exorbitanter Hektik aus meinem Fahrzeug in den Wald hinein, fast so, als würde er vor meiner Gesellschaft fliehen. Seine für sein Alter unnatürlich festen Schritte hinterließen tiefe Eindrücke im glänzenden Schnee, und mit allmählich wachsender Perplexität folgte ich langsam ihrer Spur, bis ich den geschundenen Oryktologen vor der verschneiten Höhle verschnaufen sah. Ich fragte ihn danach, was dieser Aufruhr denn zu bedeuten habe und was genau wir hier denn zu tun hatten, doch er drückte mir nur seine kalten Finger auf den Mund, gebot mir zu schweigen und wies mich an, ihm in die Höhle zu folgen.

Darinnen war es meiner Ansicht nach noch kälter als draußen, und der Frost schimmerte finster von den kargen Wänden. Mittlerweile war die anfangs vielleicht kindeshohe Decke der Höhle einem weit ausgebauten und gut gestützten Hohlraum gewichen, an dessen Pfeilern ausgebrannte Petroleumlampen angebracht waren. Meine Versuche, eine von ihnen zu entzünden, verwehrte mir Crayvan mit einer zischenden Handbewegung und einem sinisteren Augenkontakt.

Langsam tasteten wir uns vor, tunlichst darauf achtend, nicht über kleinere Holzstücke, mittelgroße Steinbrocken oder die hier vergessenen Habseligkeiten unserer Arbeiter zu stolpern. Außer der fahlen Silhouette Crayvans vor mir erkannte ich nichts in dieser Dunkelheit und hing meinen ratternden Gedanken nach, bis ich urplötzlich gegen die hagere Gestalt Crayvans krachte.

Er stand mittlerweile ganz am Ende unseres Tunnels, den nur noch eine vielleicht einen Meter Steinwand von dem Hohlraum der Tiefen Stadt trennte, und horchte daran. Crayvan scherte sich gar nicht um unseren harten Zusammenstoß, seine Konzentration schien allein der Wand vor ihm zu gehören. Ich weiß zwar bis heute nicht, was für Dinge er dort gehört hatte, doch nach gefühlten zehn Minuten drehte er sich ruckartig um und schubste mich in Richtung Ausgang.

„Leise jetzt, oder das alles hier war umsonst!"

Nun vollkommen perplex und verwirrt starrte ich auf den Teil der Finsternis, an dem ich Crayvans Augen vermutete, und begann meine ganze gestaute Verwirrung auf einmal in Form eines gewaltigen Ansturms von Fragen zu entladen. Ich geriet sogar in eine rasende Wut und brüllte ihn mit wüsten Beschimpfungen über seine Geheimniskrämerei und schon angsteinflößende Vorgehensweise an, bis mir irgendwann die ganze Luft auf einmal ausging. Mein Atem schien auszusetzen, und in langsam keimender

Verzweiflung schabte ich nach Luft ringend an meinem roten Hals.

„Es tut mir sehr leid mein Freund. Sie scheinen es nicht anders zu wollen", hauchte Crayvan in den luftleeren Raum hinein und sah langsam dabei zu, wie ich unter schwindender Kraft auf dem kalten Steinboden zusammenbrach und das Bewusstsein verlor.

Die dissonanten Klänge von krächzigem Gekeife und dumpfen Schritten ließen mich in einer spärlich beleuchteten Umgebung wieder zu mir kommen. Vor meinen halb geöffneten Augen huschte ein finsterer Schatten zwischen runden, schwarz glänzenden Gebilden hin und her, stets begleitet von einem gelblichen Schimmer, der von der Decke zu kommen schien. Alle meine Glieder schmerzten wie Feuer, doch das Aufstehen verweigerten mir einzig und allein die eiskalten Fesseln, die mir um Arme und Beine gelegt wurden. Sie fühlten sich nicht wie Metall oder Stoff, sondern eher wie vereiste Tentakel eines widerwärtigen Krakens an. Ihre Berührung war nass und klebrig, und ihnen haftete ein unbeschreiblich grausamer Geruch an, der mich nie wieder losgelassen hat.

Je mehr meine Energie langsam zurückkehrte, umso weiter öffneten sich meine brennenden Augen, und ich erspähte immer mehr Einzelheiten der Umgebung. Den Schatten, der die ganze Zeit vor mir herrannte, identifizierte ich eindeutig als Solomon

Crayvan. Mittlerweile hatte er eine schmutzig dunkelblaue Robe angelegt und trug ein groteskes Diadem von goldener Farbe. Aus seiner Mitte schimmerte ein furchteinflößendes grünes Licht, das wie ein drittes Auge von Crayvans Haupt herabschimmerte und sein Blickfeld in eine Säule aus smaragdenem Leuchten verwandelte.

Die schwarzen Gebilde im Hintergrund erkannte ich nun als hohe Obelisken, an deren Seiten Dutzende der Symbole prangten, derer wir schon einige in der oberen Höhle gefunden hatten. Sie alle standen in unregelmäßigen Abständen und Linien, doch es schien einer insgesamten, nie gesehenen Ordnung zu folgen. Doch ihre Funktion konnte ich mir nicht ersinnen.

Nach einiger Zeit meines Beobachtens bemerkte Crayvan mein Erwachen und schwebte mir inmitten einer bläulichen Wolke entgegen. In seinen normalen Augen brannte mittlerweile der reine Wahnsinn, während das obere, dritte Auge vollkommene Finsternis ausstrahlte. Manisch grinsend starrte er mich an.

„Oh Vegard, wieso bist du denn nicht gelaufen, einfach fortgerannt? Hm? Hmm? Wie ich es dir geraten hatte? Es hätte doch so viel besser kommen können, oh ja mein Freund, doch du hast mir ja nicht einmal eine Wahl gelassen. Mich so zu bedrängen … und nein, ich dulde keinen Widerspruch!", zischte er krächzig und drückte mir ein schleimiges Wesen in den Mund, das sich binnen Sekunden den Weg in das Innere meines Körpers bahnte und darinnen nicht mehr zu lokalisieren war. Ich spürte nur einen Anflug von Kälte, und innerer Traurigkeit.

„Was das ist fragst du dich? Du wirst es noch zeitig erfahren. Was das *alles* hier ist fragst du dich? Nun ja, mein Freund, die Erfüllung meines Lebens! SIE hat mich erlöst! Niemals werde ich den wohligen Tag vergessen da SIE mir erschienen ist. So groß, und lieblich, doch auch finster, böse und fürchterlich! Ihre Worte waren wie Feuer, und ihr Blick wie Eis. Zu ihrem heiligen Auserwählten gemacht hat SIE mich, oh ja, und mit der Aufgabe eines Champions betraut. Ihre Kinder sollen erneut auf Erden wandeln, wie in den Tagen vor der Zeit, vor der Entstehung, vor dem Universum dieser Welt! Ihre alte Hauptstadt *Magr'shagganakh*, die Tiefe Feuerzunge, soll erneut zum Zentrum Erdens werden und eine neue Ära des Schreckens und der Glückseligkeit einläuten. Und ich, ein einfacher Mensch, werde an ihrer Seite regieren und vom goldenen Busen R'vadannas trinken! Das Leben zweier einfältiger Wanderer, die zufällig auf den heiligsten Ort der Erde gestoßen sind, und eines schwächlichen Professors, dessen Gefühle ihn verdammten, ist ein unheimlich geringer Preis dafür, ist es nicht?"

Mit Schrecken und instinktiver Angst stemmte ich mich gegen die Fesseln und verlor jegliche emotionale und körperliche Kontrolle. Crayvans belächelte mich nur spöttisch.

„Du solltest nicht zu sehr an den *Savgnas* reißen, ansonsten zerfressen sie dich noch viel schneller. Den Großteil deines Oberschenkels zum Beispiel haben sie schon genüsslich vernascht! Oh, und der rechte Arm ist auch bald am Ende! Sie lieben das Blut, das die Anstrengung durch deine Venen pumpt! Ach, wird meine Herrin sich doch freuen! Sie liebt sich in Qualen windende Menschen! Und gerade nach dir hat sie doch auch verlangt ... die Zeit ist gekommen!", lachte er hysterisch und erhob seine Arme in Richtung der Monolithen. „ARGAVNARAK WMAR'DOM R'VADANNA WGUTANA XAFHTAGN!"

Augenblicklich stieg eine unnatürlich bösartige Kälte aus dem Boden auf und Tausende wendiger Tentakel wandten sich schleimig um die Monolithen, bis sie sich alle im selben Moment anspannten und den restlichen Teil ihres Körper aus der Tiefe herauszogen.

Niemals wieder erblickte ich solch einen Schrecken, und niemals wieder werde ich ihn vergessen. Eine schwarz-grüne Kreatur mit hektisch zuckenden Tentakeln stand direkt über Crayvan. Alle Tentakel liefen in einer gewaltigen Kugel zusammen, aus der vollkommen willkürlich widerliche Brüste, zuckende vierlidrige Augen und rasselnde Schwänze mit klauenbesetzten Händen hervorsprossen. Aus den unmöglich zu zählenden Brüsten rann immerzu eine spermienartige Flüssigkeit, die stetig über den grotesken Körper R'vadannas floss und von den kleinen Tentakeln als Nahrung absorbiert wurde. Ihre Münder waren wie grässliche Vaginen, die mit mit zweifacher Zunge den Saft ihrer Mutter tranken.

Tief dröhnende gutturale Laute drangen aus ihrem Körper und schienen Crayvan etwas mitzuteilen. Es schien aber keine sonderlich frohe Botschaft zu sein, denn je mehr R'vadanna sprach, umso verzweifelter wirkte Crayvan. Er zerschabte sich sogar die Ohren und die Augen, als er die Worte seiner Herrin scheinbar nicht mehr ertragen konnte. Schlussendlich sackte er einfach unter gequälten Schreien und martervollem Schluchzen auf dem Boden zusammen, die sogar noch lauter und unmenschlicher wurden, nachdem ihn die Tentakel seiner Herrin vollends mit deren Saft beschmiert hatten. Seine Gestalt begann daraufhin zu dampfen, und sein Körper zerfloss langsam unter der scheinbar ätzenden Flüssigkeit des grotesken Monsters, bis allein eine ekelhaft stinkende Pfütze am Boden zurückblieb.

Nachdem Crayvan sein Leben ausgehaucht hatte, fraßen sich einige der Tentakel sofort an dem zerflossenen Körper Crayvans satt. Mit unnatürlicher Gier sogen sie den zähen Schleim in sich auf und kehrten danach träge zu ihrer gigantischen Mutter und derer eigenen Milch zurück. Binnen Sekunden lösten sich die Tentakel um die Monolithen herum, R'vadanna glitt zurück in die Tiefe und verschwand so schnell wie sie gekommen war.

Vollkommen geschockt und allein durch Adrenalin am Leben gehalten schaute ich mich um. Zu meiner Verwunderung hatten sich die Savgnas um meine Glieder herum gelöst – sie waren wahrscheinlich ihrer Mutter nachgefolgt – und instinktiv versuchte ich aufzustehen. Doch nichts funktionierte. Einige Male noch versuchte ich meine gesamte Muskelkraft einzusetzen, bis mir auffiel, dass ich gar keine mehr besaß. Meine beiden Arme und Beine waren nicht mehr als halb zernagte Knochen, die in einer dunklen Lache geronnen Blutes ihr trostloses Dasein fristeten. Verzweifelt jedoch versuchte ich es weiter und weiter, bis auch das letzte Fünkchen Energie meinen verstümmelten Körper verlassen hatte und mir erneut die Erlösung durch Ohnmacht geschenkt wurde.

„Bleib liegen, elende Made!"

Langsam und unter enormer Anstrengung öffnete ich die Augen und fand mich auf einem schwarzen, vernebelten Plateau wieder. Um mich herum wuchsen schwarzsteinerne Berge dem wolkenverhangenen Himmel entgegen, und aus der Ferne beleuchteten zwei violett scheinende Sonnen diesen seltsamen Ort. Vor mir stand eine gekrümmte Gestalt.

Meine Arme und Beine konnte ich nicht spüren, allein meinen Kopf konnte ich noch bewegen. Und als ich unter Qualen nach oben starrte, blickten mich zwei milchtrübe, graue Augen an. Tränen und immense Enttäuschung schimmerten darin.

„Meine Herrin … SIE hat mich einfach verraten … ich war zu schwach … ich konnte ihrer Folter nicht widerstehen, ich bin eine Schande … ich muss mich erneut beweisen … R'vadanna wird erneut über ihre Halbinsel herrschen, von ihrem leuchtenden Thron in Magr'shagganakh aus …", schluchzte Crayvan wütend und starrte nun direkt mich an. „Was ein Genie ich doch bin, dir *Vakhsvdal*, den Seelenfresser, in den Rachen zu jagen … deine Seele wird vergehen und meiner weichen, bis ich allein über deinen elenden Körper gebieten und SIE zurückholen werde…deswegen sollte ich dich in ihre Pläne miteinbeziehen und zu diesem Heiligtum bringen! Jetzt ist alles klar … du bist mein Gefäß! SIE ist mein Schicksal … und ebenso deines!", lachte Crayvan hysterisch und augenblicklich löste sich die gesamte Szenerie vor meinen Augen auf.

Ich erwachte später und nach einer Unendlichkeit von weiteren, finsteren Träumen auf der Intensivstation des Krankenhauses von Storskøtte und lag mindestens für drei Stunden wie in einer Paralyse da. Mein Gehirn war nicht dazu in der Lage, all diese Eindrücke, den Schrecken, den Schmerz zu verarbeiten, und stellte einfach den Betrieb zum Großteil ein.

Ich erkannte nur meine fehlenden Arme und Beine,

deren „Bruchstellen" inzwischen fachkundig verbunden und behandelt worden waren, mehr nahm ich gar nicht mehr war. Später besuchte mich eine Krankenschwester und erzählte mir davon, dass mich mein ehemaliger Arbeiter Øystein Slæredal vor drei Tagen hier eingeliefert hätte, nachdem er und die anderen beiden Arbeiter meinen verstümmelten Körper in den Tiefen Magr'shagganakhs, deren Pforten Crayvan wahrscheinlich während meiner geistigen Abstinenz eigenmächtig eingerissen hatte, gefunden hätten. Im Schlaf hätte ich beinahe pausenlos gestöhnt, geschrien und geweint, und es wäre ein Segen für mich, bei solchen Blessuren wie den meinen überhaupt noch am Leben zu sein. Aber es fühlte sich nicht wie einer an.

Jede Nacht hatte ich grässliche Alpträume, die schlimmer und schlimmer wurden, je mehr Zeit verstrich. Meine Phantomschmerzen brachten mich bald jeden Tag aufs Neue um. Ohne Hilfe schaffte ich gar nichts mehr, und die kalte Umarmung der Depression erreichte mich früher als ich erwartet hätte. Doch all das war nicht das Schlimmste an meinem Leiden: Mein eigenes Fleisch wandte sich gegen mich, ich konnte es spüren. Teile meines Gehirns begannen gegen mich zu arbeiten, oftmals verschloss sich meine Lunge, sodass ich keine Luft mehr bekam, und meine Seele schien langsam von innen heraus zerfressen zu werden. Der wirre Traum von Crayvan und dem Seelenfresser, den ich nach meiner Ohnmacht vor dem Alptraumthron R'vadannas durchlebt hatte, war tatsächlich Realität gewesen. Crayvans Geist ersetzte tatsächlich langsam aber sicher meinen Eigenen.

Zwei Jahre ging das nun so, doch heute, am 28. Dezember 1939, werde ich das ein für alle Mal beenden. Weder wird Crayvan in meinem Körper diese Schreckensgöttin auf Skandinavien loslassen, noch werde ich länger an den Folgen dieser Ausgrabung leiden. Sie können sich nicht vorstellen, wie es ist, wenn das eigene Fleisch gegen die Seele arbeitet und sie selbst die Gewissheit haben, dass sie diesen Kampf niemals gewinnen können. Es ist schmerzhaft, täglich mehrmals fast in seiner Suppe zu ertrinken, weil der Körper urplötzlich vornüberfällt. Es ist grausam, der Wirt für einen so qualvollen Parasiten wie Crayvan zu sein. Doch das endet jetzt.

Nach Beendigung dieses, durch meinen treuen Pfleger Gylve Lordåg niedergeschriebenen, Berichtes werde ich mich umbringen, um Crayvan die Chance zu verwehren, R'vadanna zu beschwören. Und selbst wenn ich auf ewig in Sphären fern von menschlicher Wahrnehmung übernatürliche Qualen zu erleiden hätte, ist es mir dieses Opfer wert. Ich gebe ihnen nur einen Rat:

Hüten sie sich vor R'vadanna, der ältesten Göttin Skandinaviens, die bedächtig auf ihrem Thron in Magr'shagganakh ihre dunklen Kinder nährt und nur darauf wartet, erneut über die Welt zu herrschen.

Ein schöner Morgen
Meike Sommer

Ich blicke über die Landschaft. Am Horizont beginnt es allmählich zu glühen, die ersten Sonnenstrahlen kriechen über die Äcker und Felder, die sich ganz in der Nähe befinden. Als Kind habe ich Mutter und Vater dabei geholfen, diese zu bestellen. Ein Hauch von Wehmut sickert in mein Herz, wie Tinte, die sich in einem Glas Wasser verteilt, blaue Schatten wabern hindurch, die an einen weichen Nebel erinnern. Mutter und Vater sind nicht mehr, viel zu früh wurden sie mir entrissen und in einem Grab verscharrt.

Nun bin ich allein. Auf mich gestellt. Eine leichte Brise fährt mir unter die Kleidung und berührt meine Haut; dennoch ist der beginnende Tag nicht unangenehm, es ist kühl, aber nicht so kühl, dass es ungemütlich wäre. Ganz im Gegenteil, ich atme tief ein und lasse die frische Luft, die nach nächtlicher Wiese duftet, durch meine Nase strömen. Das Gezwitscher der Vögel dringt melodisch in meine Ohren und ich lausche ihnen gerne, sie trällern fröhlich um die Wette.

Die Menschenmenge betrachtet mich andächtig dabei.

Dennoch sind ihre Gesichter von unendlicher Furcht erfüllt, manche weinen lautlos. Die meisten kenne ich persönlich, sie sind brav und gottesfürchtig. Sie beten dafür, dass der allmächtige Herr mir vergibt, sodass ich nicht in die Hölle komme, dass meine Seele endlich Ruhe finden wird.

Der Geistliche in seinem weiten Gewand klammert sich an den Rosenkranz in seinen Händen und murmelt Gebete, die ich noch aus dem Gottesdienst kenne.

Jeden Sonntag kamen wir zusammen, um unsere Liebe zum Herrn zu bekunden. Ich blicke eindringlich in die Menge und beginne zu lächeln, verziehe meine Gesichtszüge zu einem hämischen Grinsen. Von manchen der Anwesenden kann ich das Grauen, das ihre Herzen erfüllt, förmlich schmecken. Es verteilt sich lieblich in meinem Mund, bis mir der Speichel die Mundwinkel hinunterläuft. Jedoch ist dieses nicht so befriedigend wie die Panik, die ihre Kinder ausgestrahlt hatten. Sie waren so rein und unschuldig gewesen, dass mir noch in diesem Moment wohlige Schauer durch meinen Körper strömen. Sie glauben wirklich, dass sie mich vernichten können. Diese Narren.

Der Henker nähert sich mir, trägt eine Fackel in der Hand. Er wirft sie, ohne zu zögern, in die Holzscheite zu meinen Füßen, die sofort Feuer fangen. Die Flammen züngeln durch die Fasern des trockenen Holzes, das zu knistern beginnt. Ich spüre, wie die Wärme aufsteigt, die das Feuer mit jeder Sekunde abgibt, es wird wärmer. Ich beginne zu kichern, bin amüsiert, nichts kann mich vernichten, ich bin ewig und unendlich. Sie wissen nicht, dass Feuer nicht reinigt, es schwärzt. Doch sind sie unerschütterlich davon überzeugt, dass ich verzehrt werde, ich kichere noch lauter. Ich bin schon geschwärzt, finster wie eine mondlose Nacht, die über eine unschuldige Seele herfällt. Die Flammen haben nun meine Knie erreicht und ich spüre nichts weiter als diese angenehme Wärme, jedoch sind meine Füße schon zur Unkenntlichkeit verkohlt. In einer verzerrten Sphäre gefangen, dringen die Schreie unglaublicher Pein in mich ein, ich ergötze mich an ihnen und beobachte von innen, wie diese junge Frau entsetzliche Schmerzen ertragen muss. Ich kichere noch lauter, verfalle geradezu in Ekstase. Leid, unerträgliches Leid. Ich suhle mich darin. Es riecht nach verbranntem Fleisch, wie schön, es gibt nichts Schöneres als den Geruch von verbranntem Fleisch am Morgen. Irgendwann verwischt meine Wahrnehmung in dumpfes Rauschen, die Verbindung droht zu erlöschen, die Schmerzen treiben sie in die Ohnmacht, doch halte ich dagegen und sorge dafür, dass sie jeden Moment bewusst miterlebt. Ihre Schreie verwandeln sich in atemloses Gekreische, das die Menge sichtlich erschüttert, die Gesichter, die von Grausamkeit gezeichnet sind, erfüllen mich mit Stolz. Die Frau, in der ich bin, hält dennoch nicht mehr lange durch, obwohl ich ihren Verstand dazu zwinge, bei Bewusstsein zu bleiben, entscheide ich, die Verbindung zu kappen, und entfliehe durch Zeit und Raum. Die Bauerntochter war nur die Vorspeise, ich ertränke mein Dasein in Bösartigkeit und lechze nach mehr. Unglücklicherweise kann ich mir die Opfer nicht aussuchen, ich erwache irgendwann in einem neuen Körper, aber das macht ja den Reiz aus, wie ich finde.

Ich blicke auf ein nacktes Mädchen herab, die

Haare hängen verfilzt von ihrem Kopf. Das Gesicht ist schmutzig, sie zittert am ganzen Körper. Wenn sie ausatmet, verlassen weiße Schwaden ihren Mund, die sich in der Luft rasch auflösen. Sie friert und hat ihre dünnen Arme um ihren abgemagerten Körper geschlungen.

Verängstigt blickt sie zu mir hinauf. Ich wende mich von ihr ab und blicke zu einem Tor mit dem Schriftzug: ARBEIT MACHT FREI. Es ist ein schöner Morgen.

Die Totenuhr
Horrorcocktail

DONGGG^{GGGGG}**DONGGG**^{GGGGG}**DONGGG**^{GGGGGG} ^{GGGGG}... langsam verschwebte der letzte Schlag der großen Pendeluhr seinen dunkel-gravitätischen Klang in die Stille der vornehmen Gründerzeitvilla. Gerade noch alles durchdringend, wurde er immer leiser und leiser, bis man ihn nur noch als Ahnung wahrzunehmen glaubte; so wie den unbestimmten, aber doch unverkennbaren Duft eines Raums, der lange Zeit einen Pfeifenraucher beherbergt hatte. Veronika verabscheute den Ton. Sie verabscheute seinen Klang, seine Dauer, seine Höhe, seinen Rhythmus, seinen Nachhall... sie hasste das ganze vermaledeite Monstrum von einer Uhr. Und mit ihr hasste sie denjenigen, der dieses feinmechanische Kunstwerk geschaffen hatte: ihren Mann.

Eigentlich war es gar nicht die Uhr, die sie hasste. Die Uhr war nur ein Symbol, eine Projektionsfläche, auf die sie ihren Hass warf, ein Sündenbock, dem sie die Schuld auflud für alles, was sie sich erhofft hatte von ihrer Ehe und was so elendiglich schiefgelaufen war an ihr. Es war leichter, tröstlicher, der Uhr die Verantwortung zu geben, diese als Nebenbuhlerin zu betrachten, welche ihr zuerst die Aufmerksamkeit, dann die Zeit und zuletzt die Liebe ihres Mannes entzogen und an sich gebunden hatte, anstatt sich selbst einzugestehen, dass es umgekehrt war; dass die Uhr all dies nur erhalten konnte, weil sie, Veronika, ihr den Raum dafür gegeben hatte. Wie so viele Menschen hatte sie in ihrem Mann keinen

Partner gesehen, der trotz aller Gemeinsamkeit ein eigenständiges Wesen blieb, sondern eine Ergänzung, die die Lücken ihres Charakters schließen sollte, die sie selbst nicht auffüllen konnte, um sich als vollständiger Mensch zu fühlen.

Der Gerechtigkeit halber sei hier gesagt, dass es ihrem Mann nicht anders gegangen war. Und so war auch seine Liebe zu Veronika in Hass übergegangen, einen Hass, der sich wie bei ihr vor allem aus dem uneingestandenen Selbsthass speiste, die falsche Wahl getroffen und so viele Lebensjahre damit vergeudet zu haben, auf die Erfüllung von Erwartungen zu harren, die der jeweils andere weder kannte noch erfüllen konnte. Vergebliche Hoffnungen und aussichtslose Träume sind schon immer ein guter Nährboden für Wut und Enttäuschung gewesen.

Nicht, dass das jetzt noch eine Rolle spielte, weder für Veronika noch für ihren Mann. Der Grund dafür war für beide derselbe: Veronikas Mann lag tot in seinem Krankenzimmer im Anbau, direkt neben seinem Büro, in dem die Uhr stoisch und teilnahmslos ihren Dienst versah. Er hatte schon seit Jahren unter einem Herzleiden gelitten, welches ihn in den letzten Monaten immer öfter und länger ans Bett gefesselt und Veronika dadurch gezwungen hatte, ihrem Mann mehr Zuwendung und Aufmerksamkeit angedeihen zu lassen, als sie eigentlich zu geben bereit war. Dass sie sich aus Wut darüber bei der Zuteilung seiner Medikamente gewisse „kreative Freiheiten" genommen hatte, hatte sein Ableben allerdings nur unwesentlich beschleunigt.

Veronikas Wut war noch dadurch gesteigert worden, dass ihr Mann - scheinbar aus reiner Boshaftigkeit - das Gästezimmer neben seinem Büro als Krankenzimmer auserkoren hatte, wodurch sie nicht nur gezwungen war, jedes Mal, wenn er nachts Hilfe brauchte, zwei Stockwerke aus dem ehemals gemeinsamen Schlafzimmer in den Anbau hinabzusteigen, sondern auch den halbstündigen Schlag der Uhr in größtmöglicher Lautstärke zu ertragen - dieser Uhr, der er in den letzten Jahren seines Lebens mehr Feingefühl und Zärtlichkeit entgegengebracht hatte als ihr, seiner ihm vor Gott und dem Gesetz angetrauten Ehegattin. Veronikas Forderung, die Uhr oder zumindest das Schlagwerk außer Betrieb zu setzen, solange er das Zimmer neben dem Büro als Schlafstatt nutzte, hatte bei ihrem Mann zu einem Tobsuchtsanfall geführt und der Drohung, dies in seinem Testament zu berücksichtigen - ganz sicher nicht zu ihren Gunsten. Und so hatte Veronika das tickende Ungeheuer innerlich kochend ertragen, bis sie vor einer halben Stunde das Krankenzimmer ihres Mannes mit dem Abendbrot betreten und festgestellt hatte, dass dieser sein Nachmittagsschläfchen dafür genutzt hatte, diese beste aller möglichen Welten still und heimlich zu verlassen.

Obwohl aufgrund seiner Erkrankung eigentlich jederzeit mit seinem Ableben zu rechnen gewesen war, hatte sein Tod Veronika dennoch bis zu einem gewissen Maße verwirrt und erschüttert. Eigentlich hatte sie erwartet, dass er aus reiner Gemeinheit noch so viele Jahre durchhielt, bis sie alt und verbittert genug geworden war, um für einen neuen Mann hinreichend unattraktiv zu sein. Dass er zum ersten Mal seit einer gefühlten Ewigkeit ihre Erwartungen in solch positiver Hinsicht erfüllte, war eine Art freudiger Schock für sie gewesen, und sie hatte mit leerem Blick an seinem Totenbett gesessen, unfähig, einen klaren Gedanken über die Zukunft zu fassen. Bis zur vollen Stunde die Uhr schlug - warm, wohlklingend... und unerträglich. Sofort erwachte Veronika aus ihrer körperlichen und geistigen Starre. Sie dachte darüber nach, was nun alles zu tun sei: einen Arzt herbeirufen, der offiziell den Tod feststellen und beurkunden würde, einen Bestatter verständigen, die nächsten Freunde und Verwandten informieren - und natürlich den Notar, der zum Testamentsvollstrecker ihres Mannes bestellt worden war. Aber zuallererst gab es eine andere Sache zu erledigen...

Veronika ging in das Arbeitszimmer ihres verstorbenen Gatten und starrte mit unverhohlenem Hass auf die Uhr, die in einem gläsernen Vitrinenschrank an der Wand zum Gästezimmer hing. Am liebsten hätte sie sie mit einem Schmiedehammer zertrümmert, aber sie dachte lieber an das hohe vierstellige Sümmchen, welches ein guter Freund der Familie für dieses mechanische Meisterwerk geboten hatte und welches sie in lauter Dinge, deren Erwerb ihren Mann auf die Palme würde gebracht haben, zu investieren beabsichtigte. Stattdessen trat sie an den Glaskasten heran, öffnete die seitliche Tür, berührte vorsichtig das Pendel...

und zuckte erschrocken zurück, als ihre Finger einen Schlag versetzt bekamen. Sie musste über sich selbst lachen, als ihr klar wurde, dass es sich lediglich um eine harmlose Entladung statischer Elektrizität gehandelt hatte. Beherzt griff sie erneut nach dem schwingenden Metall und brachte es endgültig zum Stehen. Das Ticken verstummte.

Veronika ließ sich in den breiten Arbeitssessel ihres Mannes sinken und lauschte in die entstandene Stille. Ein Lächeln breitete sich auf ihrem Gesicht aus. Endlich Ruhe! Sie schloss zufrieden die Augen. Der Terror war vorbei. Sowohl ihr Mann als auch sein Geschöpf mit den unzähligen metallenen Wellen und zahnbewehrten Rädern (ihr Mann hätte ihr, so er noch lebte, die genaue Anzahl aller Wellen, Lager und Zahnräder inklusive der Zähne nennen können) schwiegen. Endgültig. Minutenlang saß sie da und genoss den so lange ersehnten Zustand. Ihr Herz, das ihr beim Anhalten der Uhr vor freudiger Erregung buchstäblich bis zum Hals geschlagen hatte, beruhigte sich und ihr Puls sank auf den niedrigen Rhythmus völliger Entspannung...
...Stille...
...Erholung...
...Frieden...
...tick...

Veronika stutzte. Der Laut war winzig gewesen. Sie lauschte, ob es sich nicht nur um Einbildung gehandelt hatte. So, wie man ständig glaubt, ein Telefon zu hören, wenn man einen wichtigen Anruf erwartet, oder die Sirene eines Rettungswagens, der längst schon außer Hörweite ist, wohl wissend, dass es sich lediglich um ein Echo der eigenen, überspannten Nerven handelte ...tick... Veronika setzte sich auf. Sorgsam darauf bedacht, keinen Laut zu machen, der sie ablenken könnte, kam ihr das Knarzen des ledernen Sesselbezuges, welches sie durch die Gewichtsverlagerung auslöste, wie das Donnern eines Gewitters vor. Ihre Augen tanzten durch den Raum, jeden möglichen Verursacher des Geräuschs argwöhnisch taxierend. ...tick... Da war es wieder. Keine Einbildung, sondern ein, zwar sehr leiser, aber unverkennbarer, knackender Ton, der sich in regelmäßigen ...tick... Abständen wiederholte. Die Totenuhr tickt, schoss es Veronika durch den Kopf. Das hatte ihre Mutter immer gesagt. Die Totenuhr, die man nur hörte, wenn ein Toter im Hause ruhte. Die Totenuhr, für die ihr Vater eine ...tick... vollkommen rationale Erklärung gehabt hatte.

»Ja, das gibt es wirklich«, hatte er gesagt, als sie ihn nach den unheimlichen Andeutungen ihrer Mutter mit misstrauisch-ängstlichen Augen angesehen hatte. »Da sind aber keine Geister am Werk«, hatte er ihr beruhigend zugelächelt. »Weißt du, Mäuschen, früher hatten die Leute nicht so viele Uhren wie heutzutage. Viele Familien hatten nur zwei: Der Vater hatte eine Taschenuhr, damit er pünktlich zur Arbeit kam, und für den Rest der Familie hing in der Küche eine Pendeluhr, auf der die Mutter sehen konnte, wann die Kinder in die Schule oder das Essen auf den Herd musste. Und außerdem konnten sich die wenigsten Leute ein Telefon leisten. Das war früher ein teurer Spaß, und in kleinen Dörfern hatten häufig nur drei oder vier

Leute ein Telefon: der Pfarrer, der Schullehrer, der Dorfschulze und vielleicht noch der Gastwirt. Und da haben die...«

»Was ist ein Dorfschulze?«, hatte sie ihren Vater unterbrochen. »So nannte man früher den Bürgermeister«, hatte er erklärt und war fortgefahren: »Jedenfalls, heute sterben die meisten Leute ja im Krankenhaus, aber früher sind viele zuhause gestorben. Und da konnte man nicht mal eben einen Arzt rufen. In vielen Dörfern gab es gar keinen Arzt. Also ist dann jemand von der Familie zum Pfarrer oder zum Schulze gelaufen und hat Bescheid gegeben, dass da und da einer gestorben ist. Und der hat dann den nächsten Doktor angerufen, damit der da hinfahren konnte.« Veronika erinnerte sich noch, wie sie damals gegähnt und ungeduldig gefragt hatte: »Und was war mit der Totenuhr?« Ihr Vater hatte sacht abgewunken und versprochen: »Warte, Schatz, das kommt jetzt. Also, wenn dann also jemand gestorben ist, haben die Leute das Pendel von der Uhr angehalten. Da konnte der Arzt dann ganz genau ablesen, um wieviel Uhr derjenige gestorben ist. Das musste er nämlich in den Totenschein eintragen.«

Sie hatte sich gewundert: »Warum haben die Leute es nicht auf einen Zettel geschrieben?« »Ich weiß nicht«, hatte ihr Vater geantwortet. »Vielleicht wollte man sicher sein, dass der Zettel nicht verloren gehen konnte oder nachträglich geändert wurde. Auf jeden Fall - weil die Uhr nicht mehr getickt hat und die Leute nur geflüstert oder gar nichts gesagt haben, war es plötzlich ganz, ganz still im Haus. Und dann konnte man oft ein leises Ticken oder Knacken hören.« - »Die Totenuhr!«, hatten ihre Mutter und sie gleichzeitig gesagt, Veronika mit triumphierendem Verstehen, ihre Mutter leicht genervt von den langwierigen Ausführungen ihres Mannes. »Die Totenuhr«, hatte dieser bestätigt, »Nur, dass es sich dabei nicht um das Ticken einer Uhr handelte, sondern um die Holzwürmer in den Möbeln.« Veronika hatte geschaudert und mit ekelverzogenem Gesicht gefragt: »Wüüürmer?« Ihr Vater hatte gelächelt und gesagt: »Eigentlich sind das gar keine Würmer, sondern die Larven von kleinen Käfern, die sich durch das Holz nagen. Und immer, wenn die mit ihren kräftigen Kiefern ein Stückchen Holz abknabbern, dann knackt es.« Bei der Erwähnung der „kräftigen Kiefern" hatte sie ängstlich gefragt: »Können die beißen?« Ihr Vater hatte versichert: »Wahrscheinlich. Aber die mögen ja nur Holz. Die fressen keine kleinen Mädchen.« Mit einem spöttischen Seitenblick auf ihre Mutter hatte er hinzugefügt: »Und große auch nicht!«, was ihm einen giftigen Blick seiner Frau eingehandelt hatte. Das war es also, lediglich eine ...tick... Käferlarve in einem Stück Holz.

Veronika ließ die Augen durch den Raum schweifen. In welchem Möbelstück mochte sich der kleine Rabauke wohl verbergen? In den Aktenregalen wohl kaum, denn diese bestanden zur Gänze aus Stahl, ebenso wie das Sideboard auf der ...tick... Fensterseite. Der Sessel, in dem sie saß, konnte es ebenfalls nicht sein; der Ton kam von weiter weg. Auch die Fensterrahmen konnte sie als Quelle des

Geräusches ausschließen; der Anbau, in dem sich das Arbeitszimmer befand, war 1970 im sachlichen Stil der damaligen Moderne entstanden und verfügte über Fenster mit Aluminiumrahmen. Systematisch tastete sie den Raum mit ihren Blicken ab: Bücher, Magazine, Bücher, Bücher, schmale Aktenordner, breite Aktenordner, Aktenordner mit Pappeinband, Aktenordner mit Kunststoffeinband, wieder Magazine, Bücher, noch mehr Bü... Allmählich wurde Veronika klar, dass es im ganzen Raum kein Stück Holz gab, welches einem Holzwurm als Nahrung hätte dienen können. Dennoch war sein Wirken unüber ...tick... hörbar.

Die Totenuhr tickt, fuhr es ihr erneut durch den Kopf. Doch diesmal erklang der Satz nicht im stets leicht gehetzten Sopran ihrer Mutter oder dem schelmisch-sonoren Bariton ihres Vaters, sondern in der rauen, raunenden Altstimme ihrer Großmutter, die über die Totenuhr eine ganz andere Geschichte zu berichten wusste als ihr Vater. »Die Totenuhr ist ein schlechtes Omen«, hatte sie mysteriös geflüstert, als fürchte sie, dass schon die zu laute Erörterung des Sachverhalts ein Unheil herbeirufen könne. »Nur wenige Auserwählte können die Totenuhr hören; und die sie hören, wünschen sich, sie hätten es nicht getan. Denn wer die Totenuhr hört, weiß, dass ihm als Nächstem die Totenglocke läutet.«

Hatte ihre Großmutter Recht gehabt? Würde sie den Tod ihres Mannes nur geduldig abgewartet haben, um ihm in ...tick... Zeitkürze selbst ins Grab zu folgen? Konnte Gott, das Schicksal oder wer auch immer dafür zuständig sein sollte, ein so zynisches, hinterhältiges Spiel mit ihr spielen? Nein! Das konnte sie nicht glauben. Veronika erhob sich aus dem knarzenden Sessel und stellte sich in die Mitte des Raumes. Vollkommen starr und unbeweglich stand sie so da und lauschte. Lauschte auf das leise, unscheinbare Geräusch. Lauschte auf das nächste ...tick.... Da war es wieder...

Es kam von der Uhr.

Veronika stellte sich seitlich neben das Glasbehältnis, schloss die Augen und wartete. ...tick... Es war eindeutig. Das leise Ticken, das dem knackenden Nagen eines Holzwurmes so ähnelte, entsprang dem an der Wand hängenden Kasten, welcher das seit Minuten stumme und reglose Geschöpf ihres toten Mannes umschloss. Ihre Blicke glitten langsam über das gläserne Gebilde, welches dem Schneewittchensarg so sehr ähnelte, das es eigentlich sein sollte. Erneut öffnete Veronika die seitliche Tür. ...tick... Das Geräusch war deutlich lauter. Offensichtlich war es so bemessen, dass es bei geschlossenem ...tick... Kasten nur bei völliger Stille zu hören war, aber jetzt war jedes einzelne Ticken unverkennbar. Und es war ...tick... eindeutig mechanisch.

Veronikas Blick fixierte die seitliche Abdeckplatte. Während alle anderen Verkleidungen des ...tick... Uhrwerks verschraubt zu sein schienen, wies diese winzige Scharniere auf. Veronika entdeckte eine unscheinbare ...tick... Messingnase, die geradezu dafür gemacht schien, dass sie einen ihrer langen Fingernägel darin einhakte, um die ...tick... Klappe aufzuziehen. Was sie dahinter entdeckte, verschlug ihr buchstäblich den Atem. Vor ihr lag ein ...tick... weiteres, deutlich kleineres Pendeluhrwerk, dessen Aufgabe augenscheinlich darin bestand, einen winzigen ...tick... Hammer zu bewegen, um in wohlbemessenen Abständen jenes leise Knacken zu erzeugen, dass ihr seit Verstummen der Uhr die ...tick... Ruhe raubte.

Dieser widerwärtige, gehässige Teufel. Offensichtlich hatte er damit gerechnet, dass Veronika sein ...tick... Geschöpf nach seinem Ableben so rasch wie möglich würde verstummen lassen. Und so hatte er ein weiteres, kunstfer ...tick... es Foltergerät ersonnen, um sie noch über seinen Tod hinaus zu quälen und zu malträtieren. Aber sie war ihm auf die ...tick... Schliche gekommen. Mit einem boshaften, von grimmiger Genugtuung erfüllten Grinsen brachte sie das kleine ...tick... Pendel zum Stehen und die Uhr gab endgültig ihren letzten Ton von sich - einen Ton, der alle Nachbarn im Umkreis von zwei Kilometern aufhorchen ließ.

Veronika selbst hörte ihn nicht. Die Detonationsgeschwindigkeit des Sprengstoffs lag weit über der Schallgeschwindigkeit; und so hatte der Knall ihre Ohren noch gar nicht erreicht, als diese, nachdem der, durch den erzwungenen Stillstand des Pendels ausgelöste, Schlagbolzen das Zündhütchen getroffen hatte, ebenso wie ihre Gehörgänge, ihr Gehirn und der Rest ihres Schädels aufhörten zu existieren.

Gefangen im Labyrinth der Kategorien
Vanum

Der Gang macht erneut eine Biegung. Dieses Mal nach rechts.
Meine Schritte werden langsamer. Ich hoffe inständig, dass ich endlich am Ziel bin. Das einzige Geräusch hier ist das Quietschen meiner Sohlen auf dem Linoleum und das Hämmern meines Herzens. Vorsichtig spähe ich um die Ecke, doch auf der anderen Seite gähnt mir nur ein weiterer stiller Gang entgegen. Linoleumfußboden, grau getünchte Wände, Türen mit Milchglasfenstern und in regelmäßigen Abständen unbequeme Bänke für Wartende. Ein Band aus rechteckigen Leuchtelementen verbreitet kalte Helligkeit. Mein Blick fällt auf die erste Tür hinter der Kurve.

SEGMENT: JU – JW
BEREICH: 16,45°
ASPEKT: KATEGORISIERUNG VON BESTANDSFÄLLEN

Auf einem handgeschriebenen Zettel darunter steht zu lesen:

Termine vergibt die Rezeption.
Nicht klopfen!
Sie werden aufgerufen.

Seufzend setze ich meinen Weg fort. Ich weiß nicht, wie viel Zeit vergangen ist, seit ich mich in diesem Gebäude verirrt habe, aber ich schätze, dass ich meinen Termin bereits vor Stunden verpasst habe.

Es muss so sein. Die silberne Armbanduhr ist zu meinem Unglück kurz nach Betreten des Verwaltungsgebäudes auf neun Uhr fünfundvierzig stehengeblieben, doch meine Füße schmerzen von den endlosen Gängen und Korridoren, die ich durchquert habe und ein leichtes Hungergefühl quält mich. Ich schätze, dass es bereits früher Nachmittag ist.

Vor zwei oder drei Abteilungen habe ich entschieden, lieber den Ausgang zu suchen, statt weiter erfolglos nach der Personalabteilung zu fahnden. Wenn ich so darüber nachdenke, war es ein Fehler gewesen, der Einladung Folge zu leisten. Die Verwaltung ist nicht mit gewöhnlichen Firmen vergleichbar. Man bewirbt sich nicht bei ihr, man wird angesprochen und ausgewählt. Das weiß jeder. Aber wenn ich es mir recht überlege, dann kenne ich niemanden, der schon einmal eine Einladung zum Vorstellungsgespräch erhalten hat. Nicht mal jemanden, der jemanden kennt.

Zu dem latenten Hungergefühl gesellt sich allmählich auch Durst. Wieder greife ich nach dem Smartphone in der Tasche. Kein Empfang. Wenn es wenigstens Menschen auf den Korridoren gäbe, die ich nach dem Weg fragen könnte. Selbst über eine Gebäudeübersicht würde ich mich freuen. Ich könnte sie fotografieren und hätte eine Karte, die mich zum Ausgang führt. Aber in der Verwaltung laufen die Dinge anders. Der leere Gang zieht sich. Ich prüfe die Aufschrift der nächsten Tür vor mir.

Segment: Ka – Ke
Bereich: 15,45°
Aspekt: Kategorisierung von Bestandsfällen

Darunter:

Keine Termine bis Ende des Jahres!
Nicht klopfen!
Nicht stören!

Das wird ja immer schlimmer. Aber irgendwann muss ich jemanden nach dem Weg fragen. Ich kann schließlich nicht ewig in der Verwaltung herumirren. Der Gang endet in einer Weggabelung. Unwillkürlich bleibe ich stehen. Es ist eine Weile her, seit sich der Korridor das letzte Mal verzweigt hat, und es gibt keinen Anhaltspunkt, wo die beiden Gänge hinführen. Keine Infotafel, nicht mal ein schwarzes Brett oder eine kleine Plakette, die verraten würde, zu welchen Abteilungen der Weg führt.

   Die Entscheidung wird mir abgenommen, denn aus einem der Gänge klingt das Geräusch einer sich öffnenden Tür. Ich nehme die Beine in die Hand und eile, so schnell ich kann, in den rechten Korridor. Meine Sohlen quietschen grässlich auf dem Linoleum.

   Etwa auf der Hälfte des langen Ganges ist ein Mann aus einer Tür herausgekommen.

   Dunkelgrauer Anzug, graues Haar; er schließt die Tür hinter sich ab und entfernt sich schnellen

Schrittes.

Ich sprinte hinter ihm her. Er darf mir nicht entwischen! Sein Vorsprung schmilzt dahin.

»Entschuldigung!«, rufe ich ungeduldig. Meine Stimme hallt durch den leeren Gang. Der Mann reagiert nicht, schließt eine andere Tür auf und verschwindet.

Das Zuschlagen der Tür echot wie ein Kanonenschuss durch den Korridor.

Frustriert werde ich langsamer. Er muss mich doch gehört haben!

Außer Atem erreiche ich die Tür.

SEGMENT: π
BEREICH 13,98°
ASPEKT: KATEGORISIERUNG VON NEUZUGÄNGEN

Darunter:

NICHT KLOPFEN!
KEINE TERMINE!
NICHT STÖREN!
ZUWIDERHANDLUNG WIRD MIT BUSSGELD GEAHNDET.

Ich ringe frustriert nach Atem. Was soll der Scheiß?

Kann man hier nicht mal jemanden höflich nach dem Weg fragen?

Es juckt mir in den Fingern, die Verbote zu ignorieren, doch das Schild unter der Tür schreckt mich ab. Es ist nicht handgeschrieben, sondern auf einer kleinen Messingplakette unterhalb des Milchglasfensters in das Holz der Tür eingebettet.

Es sieht so schrecklich offiziell aus, dass ich mich nicht traue, gegen die Anweisungen zu verstoßen. Auch wenn ich mir inzwischen nicht mehr vorstellen kann, hier zu arbeiten, ein Bußgeld ist es wirklich nicht wert, nur um nach dem Weg zu fragen. Lächerlich!
Enttäuscht gehe ich weiter.
Wenn ich diesen Unsinn hier Zuhause erzähle, werde ich nur schallendes Gelächter und Unglauben ernten. Meine Eltern werden furchtbar enttäuscht sein. Sie waren so stolz auf mich, als letzte Woche die Einladung zum Vorstellungsgespräch im Briefkasten lag, dass sie eine Grillparty organisierten. Reichlich verfrüht.
Ich konnte es ihnen nicht ausreden. Sie waren der Meinung, dass es schon ein großer Erfolg sei, überhaupt von der Verwaltung eingeladen zu werden. Gleichgültig, was am Ende dabei herauskommen würde. Aber ich sah ihnen an, dass sie sich große Hoffnungen machten.
In der einhelligen Meinung der Gesellschaft ist die Verwaltung eine strahlende Institution, die uns den Wohlstand ermöglicht hat. Wie oft ich diese Geschichte erzählt bekam, kann ich gar nicht mehr zählen. Ja, die Verwaltung steht bei den Bürgern in hohem Ansehen, und eine Einladung zu einem Vorstellungsgespräch ist eine besondere Ehre, die man nicht ausschlägt. Es ist zwar nicht mein Wunsch, hier zu arbeiten, doch ich wollte meinen Eltern wenigstens den Gefallen tun und die Einladung wahrnehmen. Hinterher könnte ich immer noch absagen und einen anderen Job annehmen.

Aber nun bin ich hier, irgendwo in dem Verwaltungsgebäude, auf der Suche nach der Personalabteilung, weil es keine Beschilderung gibt, die mir den Weg weist.

Aus Gewohnheit werfe ich einen Blick auf die nächste Tür:

SEGMENT: 4A- C0- 1D-C0-FF-EE
BEREICH: 9,47°
ASPEKT: KATEGORISIERUNG VON ALTBESTÄNDEN

Wo bin ich denn jetzt gelandet? Das ergibt doch alles keinen Sinn mehr!

Unschlüssig drehe ich mich einmal um mich selbst. Sollte ich lieber wieder zurückgehen und den anderen Gang versuchen? Als ob mich dort etwas anderes erwarten würde.

Dann fällt es mir auf. Die Schilder unter den Türen sind verschwunden. Es gibt keine Verbote mehr, die Störungen unter Strafe stellen. Ein wenig aufgeregt trete ich an die Tür heran und klopfe zaghaft.

Nichts geschieht. Drei, vier Herzschläge verstreichen, dann klopfe ich etwas energischer. Auf der anderen Seite der Tür rührt sich nichts. Ich versuche es bei den anderen Türen. Ohne Erfolg. Ich rüttle an den Türklinken. Verschlossen.

In dieser Abteilung ist keine Menschenseele außer mir. Ein Schauer jagt mir über den Rücken und ein Gefühl der Beklemmung ergreift Besitz von mir. Ratlos lasse ich mich auf eine der unbequemen Bänke fallen, um noch einmal meine Situation zu überdenken. Sie knarrt metallisch, als hätte schon sehr lange niemand hier gesessen.

Also, ich habe mich im Verwaltungsgebäude verlaufen. Nach dem Weg fragen könnte ich nur, wenn ich mich über die Verbotsschilder der aktiven Abteilungen hinwegsetze, aber mein Vorstellungsgespräch ist ohnehin schon ins Wasser gefallen und an einem solchen Ort möchte ich ganz sicher nicht arbeiten, weshalb es mir gleich sein kann, ob ich einen schlechten Eindruck hinterlasse.

Mein Magen knurrt vernehmlich und ich schlucke mühsam. Der Durst wird auch immer schlimmer. Ich will nur noch nach Hause. Aus Gewohnheit ziehe ich das Smartphone aus der Tasche. Kein Empfang. Aber noch etwas stimmt nicht, was mir in der Eile zuvor gar nicht aufgefallen war. Die Uhrzeit kann nicht richtig sein.

Neun Uhr fünfundvierzig. Ein Kontrollblick auf die Armbanduhr bestätigt meinen Verdacht. Neun Uhr fünfundvierzig.

Was zur Hölle geht hier vor? Mühsam raffe ich mich wieder auf. Meine Füße protestieren schmerzhaft. Eine Kilometerpauschale als Entschädigung würde meine angeschlagene Laune deutlich verbessern. Ich seufze genervt. Der Weg zurück kommt mir viel länger vor als beim ersten Mal. Der leere Korridor zieht sich endlos und ohne Unterbrechung.

Irgendwas ist hier faul. Der Gang ist so lang, dass Wände und Boden in der Ferne mit einander verschmelzen. Das war doch vorher nicht so, wie kann das jetzt sein? Das muss eine optische Täuschung sein, denn bei meiner Ankunft bin ich auf der Suche nach einem Parkplatz einmal um das Gebäude herumgefahren. So groß sah es von außen nicht aus. Die Sonne kämpfte sich grade durch die Regenwolken und glitzerte in den Fenstern, es sah hübsch aus.

Merkwürdig. Ich kann mich nicht erinnern, auch nur ein einziges Fenster passiert zu haben, seit ich mich verlaufen habe. Wo bin ich jetzt eigentlich? Auf der nächsten Tür steht:

SEGMENT: M
BEREICH: 4,87°
ASPEKT: KATEGORISIERUNG VON PRÄZEDENZFÄLLEN

Darunter:

Nicht klopfen!
Nicht stören!
Keine Termine!

Ich deklariere mich kurzerhand als Präzedenzfall und drücke, ohne zu klopfen, auf die Türklinke, um nicht gleich gegen alle Verbote zu verstoßen. Die Tür schwingt wider Erwarten auf und gibt den Blick auf einen schummrigen, nackten Raum frei, der auf einer Seite von einem mächtigen Aktenregal beherrscht wird, auf der anderen Seite von einem Schreibtisch, der unter mehreren einsturzgefährdeten Formularstapeln begraben ist. Das Büro hat kein Fenster.

Beim Geräusch der Tür schnellt der Kopf einer Frau in die Höhe. Jedenfalls glaube ich, dass es eine

Frau ist, es könnte auch ein sehr androgyner Mann sein. Ihr Alter ist genauso unmöglich zu erraten wie ihr Geschlecht.

»Können Sie nicht lesen?«, blafft sie gereizt: »Keine Termine! Nicht stören!«

»Ich brauche keinen Termin bei Ihnen«, lächle ich mit erzwungener Freundlichkeit,

»Ich hätte gern-«

»Was wollen Sie dann von mir?«

»Ich suche – ähm, können Sie mir vielleicht sagen, wie spät es ist?«

»Dafür stören Sie mich? Sehen Sie doch auf die Uhr!«, faucht die Frau und deutet mit einer gehetzten Geste auf eine Wanduhr hinter sich, dann widmet sie sich wieder der Palisade aus Formularen.

Ich runzle die Stirn. »Entschuldigen Sie bitte, aber das kann nicht stimmen.«

Die Frau lugt über ihren Stapel und stöhnt genervt: »Es ist neun Uhr fünfundvierzig. Was soll daran nicht stimmen?«

»Es ist schon die ganze Zeit neun Uhr fünfundvierzig. Hören Sie, ich habe mich verlaufen und wollte nur nach dem Weg fragen, aber-«

»Die Uhr sagt, wie spät es ist, nicht Ihre Befindlichkeit«, bestimmt die Frau.

Eingeschüchtert schweige ich einen Moment und der Kopf der Frau verschwindet wieder hinter den Formulartürmen.

»Ich suche die Personalabteilung«, höre ich mich schließlich sagen und frage mich gleichzeitig, weshalb ich nicht nach dem Ausgang gefragt habe. Der Kopf der Frau taucht in Zeitlupe wieder hinter ihrem Papierberg auf. Sie wirkt auf einmal gar nicht mehr gehetzt, eher überrascht und misstrauisch.

»Die Personalabteilung?«, vergewissert sie sich.

»Ja, ich habe um 10 Uhr ein Vorstellungsgespräch«, antworte ich und fische den Brief aus der Tasche, um ihn vorzuzeigen.

»Das kann nicht stimmen«, behauptet die Frau, während sie den Brief mit spitzen Fingern entgegennimmt, so als zweifle sie an seiner Existenz.

Stirnrunzelnd überfliegt sie den Inhalt. Dann bricht sie überraschend in schallendes Gelächter aus: »Da hat sich jemand einen Scherz mit Ihnen erlaubt. Es gibt keine Personalabteilung.«

Ich starre sie verwirrt an: »Jede Firma hat doch eine Personalabteilung.«

»Nun, die Verwaltung besitzt keine Personalabteilung«, dann setzt sie zu einer längeren Erklärung an: »Natürlich *hatte* die Verwaltung einmal eine Personalabteilung, aber nach der großen Umstrukturierung in den 60ern ist sie irgendwie verlorengegangen und wir konnten sie nicht wiederfinden. Der Antrag für eine neue Abteilung wurde aus Kostengründen bisher nicht bewilligt. Ich mag mich wiederholen, aber da hat sich jemand einen Scherz mit Ihnen erlaubt.« Sie sieht mich scharf an »Haben Sie eine Ahnung, wer das gewesen sein könnte? Es ist nicht erlaubt, das Siegel der Verwaltung für private Zwecke zu verwenden. Ich werde ein Bußgeld verhängen.« Sie reicht mir den Brief zurück und erwartet eine Antwort.

»Das kann aber kein Scherz sein«, beharre ich,

»Ich habe mit dem Personalleiter telefoniert. Er klang nach einem freundlichen, älteren Herrn. Wäre es einer meiner Freunde gewesen, hätte ich das doch an der Stimme erkannt.«

Die Frau verdreht die Augen. »Bitte, wenn Sie daran glauben wollen, kann ich Ihnen nicht helfen. Lassen Sie sich einen Termin an der Rezeption geben, ich habe noch Arbeit zu erledigen.« Sie gestikuliert auf den Schreibtisch mit der Stadt aus Formular-Wolkenkratzern.

»Können Sie mir wenigstens sagen, wie ich zum Ausgang komme?«, seufze ich resigniert.

»Da bin ich überfragt.«

Langsam werde ich wütend. »Wie bitte? Sie müssen doch jeden Tag zur Arbeit kommen, wie können Sie da den Weg zum Ausgang nicht kennen?«

Die Frau zuckt desinteressiert die Achseln. »So funktioniert die Verwaltung nicht«, antwortet sie in einem Tonfall, als hätte ich eine furchtbar dumme Frage gestellt.

Ich warte auf eine Erklärung, aber es kommt nicht keine.

»Warum haben Sie eigentlich kein Fenster?«, will ich wissen, um das Gespräch am Laufen zu halten, bis mir eine Idee kommt, wie ich der Frau sinnvolle Informationen entlocken kann.

»Ein Fenster? In einem Büro?« Die Frau bricht erneut in Gelächter aus. »Sie sind mir vielleicht ein Spaßvogel. So etwas gibt es hier schon seit Ewigkeiten nicht mehr. Ich habe es glücklicherweise nicht miterlebt, aber sie haben die Fenster abgeschafft, weil die Sachbearbeiter immerzu hinaussehen mussten. Die Verwaltung ist um 12,3% effizienter geworden, seit es keine Fenster mehr in den Büros gibt.« In ihrer Stimme schwingt eine große Portion Stolz mit.

»Verstehe«, antworte ich, obwohl ich nun vollends verwirrt bin.

»Wenn Sie dann endlich keine Fragen mehr haben, darf ich Sie bitten zu gehen. Ich habe meine Zeit nicht gepachtet und die Arbeit erledigt sich nicht von selbst«, erwidert die Frau unerbittlich. Ehe ich mich versehe, stehe ich auch schon auf dem Flur. Hinter mir schlägt die Tür zu.

Mein Blick fällt auf den Brief in meiner Hand. *Einladung zum Vorstellungsgespräch – Melden Sie sich in der Personalabteilung.* Ein flaues Gefühl breitet sich in meinem Magen aus. Der Brief enthält keine Raumnummer, keine Etagenangaben, nicht mal die vollständige Adresse ist im Briefkopf angegeben. Warum ist mir das nicht früher aufgefallen?

Was hatte ich in das Navi getippt, bevor ich losgefahren war?

Im Briefkopf steht lediglich: „Die Verwaltung – Verwaltungsgebäude", darunter das Siegel, ein blauer Kreis mit dem Piktogramm eines Stempels. Ich kenne niemanden, der es wagen würde, das Siegel der Verwaltung für einen dummen Streich zu missbrauchen. Nein, die Einladung ist echt. Aber warum hatte die Frau dann behauptet, es gäbe keine Personalabteilung?

Vielleicht würde ein anderer Sachbearbeiter

auskunftsfreudiger sein.

Langsam gehe ich an den Türen entlang, bis ich eine finde, die das Klopfen nicht mit Bußgeld ahndet. Wieder öffne ich einfach die Tür und bleibe vor Überraschung mitten in der Bewegung stehen. Es ist dasselbe Büro.

Das kann doch gar nicht sein! Ich bin doch mindestens 8 Türen weitergegangen!

Da taucht auch schon der Kopf der Sachbearbeiterin hinter ihrem Formulargebirge auf und keift: »Was wollen Sie denn noch? Sie sehen doch, dass ich zu arbeiten habe!«

»Es tut mir leid, ich wollte gar nicht zu Ihnen, sondern-«

»Die Entschuldigung können Sie sich sparen, damit verschwenden Sie nur noch mehr meiner kostbaren Zeit. Also, was ist es dieses Mal?«

Ich druckse ein wenig herum: »Wegen der Einladung noch mal; ich habe mich gefragt, ob Sie vielleicht wissen, wo ich die Abteilung für Kundenmanagement finde, weil Sie ja gesagt haben, dass es keine Personalabteilung-«

Die Frau stöhnt genervt und ich verstumme. Sie winkt mich heran und ich reiche ihr den Brief. Ihr Finger sticht auf die Betreffzeile ein. »Hier«, sagt sie, als würde das alles erklären. Ich sehe sie ratlos an.

Die Frau verdreht die Augen. »Qualitätsmanagement für Kundenreklamationen? Ich bitte Sie, wir sind *die* Verwaltung. Wir haben das Monopol. Konkurrenzlos. Wir sind die Besten in dem, was wir tun, deshalb brauchen wir so einen teuren Firlefanz wie Qualitätsmanagement nicht. Kundenreklamationen gibt es logischerweise erst recht nicht. *Niemand* beschwert sich über die Verwaltung. Das ist alles ausgemachter Unsinn!« Sie drückt mir den Brief etwas heftig wieder in die Hand, sodass er zerknittert. Die Frau wirft mir einen zornigen Blick zu. »Wagen Sie es ja nicht, noch einmal zu stören, sonst verhänge ich ein Bußgeld, das Sie niemals vergessen werden.«

Ich stolpere aus dem Raum. Was für eine unhöfliche Person! Die hat doch nicht mehr alle Tassen im Schrank.

Ich streiche meine Einladung wieder glatt. Aus Gewohnheit werfe ich einen Blick auf die Armbanduhr und zur Kontrolle auf das Smartphone.

Neun Uhr fünfundvierzig.

Ich muss den Ausgang finden.

Seufzend folge ich dem Korridor. Er zieht sich unverändert, gefüllt mit andächtiger Stille, die ich mit dem Quietschen meiner Sohlen zerschneide. Ich fühle mich fehl am Platz und miserabel. Plötzlich wird mir schwarz vor Augen, sodass ich mich an der Wand abstützen muss.

Bohrender Hunger. Brennender Durst. Die Sicht klart nur widerwillig auf und ich setze meinen Weg etwas langsamer fort.

Allmählich finde ich es nicht mehr lustig. Die Frau mag sich vielleicht bis zum Ende der Woche darüber amüsieren, dass sie mir einen schönen Streich gespielt hat, aber mir geht es inzwischen richtig dreckig.

Der Korridor verschwimmt immer wieder vor

meinen Augen, aber ich kämpfe mich weiter. Ich muss den Ausgang finden. Den Ausgang. Muss den Ausgang finden.

Auf einmal stehe ich in einer Sackgasse. Es kommt so unerwartet, dass ich beinahe über meine eigenen Füße stolpere. Die Tür verkündet:

SEGMENT: ALPHA
BEREICH: 0°
ASPEKT: KATEGORISIERUNG VON KATEGORIEN

Darunter:

ARCHIV
RUNDGANG TÄGLICH:
MO. – FR.: 14 UHR
SA. – SO.: 14:05 UHR
KEINE ERMÄSSIGUNG FÜR KINDER, STUDENTEN, SCHÜLER!

Was mich aber tatsächlich in Erstaunen versetzt, ist die Tatsache, dass die Tür halb offen steht und ein monotones Hämmern aus dem Raum dahinter klingt. Ich stoße die Tür mit keimender Hoffnung auf. Dahinter liegt zu meiner Überraschung eine Lagerhalle von unermesslichen Ausmaßen. Regale reihen sich aneinander, bis sie im diffusen Dämmerlicht verschwinden, und erstrecken sich in Höhen, die das Auge nicht erfassen kann. Staunend bleibe ich stehen und lege den Kopf in den Nacken, um das Ende der Regale zu finden, doch es gelingt mir nicht.

Das Hämmern endet abrupt. Ich reiße mich von dem unfassbaren Anblick los. Hoffentlich habe ich mit diesem Mitarbeiter mehr Glück als mit dem Sachbearbeiter aus dem Büro.

Mir ist hundeelend zumute vor Hunger und Durst. Ich sehe mich um, kann aber immer noch niemanden entdecken. »Hallo? Ist hier jemand? Ich habe mich verlaufen und-«

Ein kleiner, runzliger Mann im Blaumann taucht aus einer der unendlichen Regalreihen auf.

»Oh, Besuch!«, quietscht er begeistert und macht eine höfliche Verbeugung, während er sich die Hände reibt, dann sieht er auf seine Uhr und die Freude verfliegt.

»Sie sind zu früh! Ja, zu früh! Der Rundgang findet erst um 14 Uhr statt, jetzt ist es neun Uhr fünfundvierzig! Zu früh, sage ich!«

»Entschuldigung, ich habe mich verlaufen. Wie komme ich bitte zum Ausgang?«

Der Mann winkt ab und zieht ein Gesicht, als hätte ich ihn bitterlich beleidigt

»Da bin ich überfragt.«

»Ich kann Ihnen nicht ganz folgen.«

»Was ist daran so schwer zu verstehen? Ich weiß nicht, wie man zum Ausgang kommt. Eigentlich bin ich mir sogar recht sicher, dass es gar nicht so etwas wie einen Ausgang gibt.«

Wut überschwemmt mich und drängt alle Beschwerden in den Hintergrund. Ich mache einen holperigen Satz auf den kleinen Mann zu, packe ihn am Kragen und schüttle ihn. »Ich finde das nicht lustig. Ich kann mich kaum noch auf den Beinen halten und niemand will mir sagen, wie ich hier rauskomme. Zum letzten Mal: Wo ist der verdammte Ausgang?«

»Es gibt keinen, wirklich nicht«, stammelt der Mann mit hoher Stimme.

»Das ist doch gelogen. Ich bin schließlich reingekommen, also muss es auch wieder raus gehen!«

Perplex lasse ich ihn los. Der Mann richtet seinen Kragen. »Das sind zwei völlig verschiedene Dinge«, erklärt er, als sei ich völlig verblödet, »Das sieht man doch auf den ersten Blick. Der Eingang sieht nie wie der Ausgang aus. Es ist nicht dasselbe, obwohl sie meistens nebeneinander gebaut werden.«

»Na schön«, knurre ich gereizt. Offensichtlich arbeiten in der Verwaltung nur Irre und Verrückte. »Wie komme ich dann bitte zum Eingang der Verwaltung zurück?«, frage ich in der Hoffnung, endlich verstanden zu werden.

Der Mann starrt mich verdattert an. »Was wollen Sie denn da? Sie sind doch schon in der Verwaltung.«

Auf diese unbestechliche Logik weiß ich keine Antwort mehr.

»Was machen Sie hier eigentlich?«, frage ich stattdessen.

Der Mann streicht sich das Hemd glatt und strafft die Schultern. »Ich bin Erster Leiter der Abteilung Archiv-Rundführungen. Jeden Tag um 14 Uhr kommen scharenweise Sachbearbeiter mit ihren Formularen, Anträgen, Bewilligungsschreiben, die sie kategorisiert haben, um sie einzulagern. Ich führe sie durch die verschiedenen Segmente des Archivs, damit alles seine Ordnung hat und effizient abläuft. Sie sehen ja selbst, dass das Archiv etwas größer ist.«

»Aha«, mache ich. »Sagen Sie mal, verlassen Sie auch hin und wieder das Verwaltungsgebäude?«

»Was für eine dämliche Frage ist das denn?«, blafft der kleine Mann.

»Sie haben doch gerade gesagt, dass es keinen Ausgang gibt. Lag die Frage da nicht auf der Hand?«

»Nein, das sind doch zwei völlig verschiedene Dinge!«, er starrt mich an, als sei ich wahnsinnig. Oder kurz davor.

»Und wie bewerkstelligen Sie das, wenn es doch keinen Ausgang gibt?« Eine steile Zornesfalte bildet sich auf seiner Stirn.

»Bewerkstelligen, bewerkstelligen!«, äfft er mich nach. »Solche Intimitäten teilt man doch nicht mit jeder dahergelaufenen Person!«

Ich gebe auf, wende mich um und steuere wieder die Tür an.

Der kleine Mann wirft mir eine Reihe wüster Beschimpfungen hinterher, aber ich höre nicht mehr hin. Der Korridor umfängt mich mit seiner watteartigen Stille, die nur durch das Quietschen meiner Sohlen unterbrochen wird.

Endlos zieht er sich dahin, ohne Unterbrechung. Ein paar Mal wird mir schwarz vor Augen, aber ich raffe mich immer wieder auf, obwohl mein Magen sich inzwischen selbst zu verdauen scheint. Meine Zunge klebt ausgetrocknet am Gaumen, die Luft kratzt bei jedem Atemzug trocken im Hals. Krampfende Muskeln, Zittern in den Beinen, die sich kaum noch bewegen wollen, taube Füße, die weit über jeden Schmerz hinaus sind. Ich muss den Ausgang finden. Den Ausgang finden. Muss ihn finden.

Die Türen habe ich schon lange nicht mehr geprüft. Auch die Uhrzeit ist mir inzwischen völlig egal. Aber meine Einladung halte ich noch in der Hand, wie einen Talisman, der mich beschützen soll. Welch Ironie, wo der Wisch mich doch erst in diese Lage gebracht hat.

Schließlich gelange ich wieder an eine Webgabelung. Ist das nun gut oder schlecht? Ich kann mich nicht entscheiden. Ich gehe einfach in den rechten Gang und schlurfe langsam, mit den elendig quietschenden Sohlen, durch die Stille des Korridors.

In der ewig gleichen Abfolge aus verschlossenen Türen taucht eine Unregelmäßigkeit auf. Eine der Türen steht sperrangelweit offen, der Raum dahinter liegt in schummeriger Dunkelheit. Ich schleppe mich zur Tür und bleibe schwer atmend im Rahmen stehen. Ein leerer Schreibtisch und ein Regal voller jungfräulicher Aktenordner. Auch dieser Raum hat kein Fenster.

Aber das Verblüffendste ist ein messingfarbenes Namensschild auf dem leeren Schreibtisch. Das kann doch nicht sein! Ich knipse das Licht an, um besser sehen zu können, dann humpele ich zum Schreibtisch und nehme das Schild in die Hand, um mich zu vergewissern, dass es keine Einbildung ist.

»Thomas Drucker«, murmele ich verwundert. Das ist mein Name! Was hat das alles zu bedeuten? Meine Beine wollen den Dienst versagen, ich muss mich setzen.

Hinter dem Schreibtisch finde ich einen unbequemen Stuhl und lasse mich seufzend fallen. Das Messingschild mit meinem Namen wiegt schwer in der Hand. Ich stelle es zurück auf den leeren Schreibtisch und seufze erleichtert. Sitzen ist wirklich angenehm.

Ob der Tisch noch andere Überraschungen birgt? Ich untersuche die Schubladen links und rechts. Blanko-Formulare in der einen und Antragsschreiben, die auf ihre Bearbeitung warten, in der anderen Schublade. Neugierig ziehe ich einen von ihnen heraus. Jemand möchte den Antrag mit der Nummer 12B-7/4 anfordern. Ich grinse. Wenn ich schon mal hier bin, kann ich doch dem armen Bürger da draußen das Leben erleichtern und ihm seinen Antrag zukommen lassen. Schlimm genug, dass man einen Antrag stellen muss, um einen Antrag stellen zu können!

Zufrieden hefte ich den Bewilligungsbescheid an den Antrag und lege ihn sorgsam auf den Tisch. Es fühlt sich gut an, jemandem geholfen zu haben. Leider habe ich immer noch keine Ahnung, wie ich den Ausgang finden soll. Aber seit ich hier sitze, ist wenigstens der Hunger erträglich geworden. Aus Langeweile bearbeite ich noch einen Antrag und lege ihn auf den ersten.

Die Verwaltung funktioniert doch eigentlich ganz simpel. Ich werfe einen Blick auf meine

Armbanduhr. Neun Uhr fünfundvierzig.

Falls ich es mir noch überlegen wollte, die Personalabteilung aufzusuchen, hätte ich nun jedenfalls etwas zu berichten, was mich bestimmt für die Einstellung qualifiziert. Jedenfalls hätte ich noch eine Viertelstunde, um pünktlich zu erscheinen. Aber der Stuhl ist recht bequem und ich mag gar nicht mehr aufstehen.

Ich bearbeite noch ein paar Formulare. Allmählich füllt sich der Schreibtisch mit einem kleinen Stapel, während die Schublade, aus der ich die Anträge ziehe, auf wundersame Weise nicht leerer wird. Sie ist immer mit genau zwanzig zu bearbeitenden Anträgen gefüllt. Wenn ich einen herausnehme, erscheint wie aus dem Nichts ein neuer Antrag. Beeindruckend effizient.

Wenn ich zwischen zwei Anträgen mal auf die Uhr schaue, ist es immer neun Uhr fünfundvierzig. Wie viel man in einer Minute doch schaffen kann! Ich muss verdammt schnell mit meiner Arbeit sein, denn die Stapel auf dem Schreibtisch wachsen in rasender Geschwindigkeit.

Allesamt bearbeitete Anträge. Der Anblick erfüllt mich mit Stolz. Aber da warten noch weitere Formulare auf mich. Inzwischen fühle ich mich wieder richtig wohl. Hunger und Durst sind verschwunden. Das Einzige, was zählt, sind die Anträge, die ich bearbeite.

Der Schreibtisch verschwindet allmählich unter dem wachsenden Berg aus Papier.

Plötzlich geht die Tür ohne Vorwarnung auf. Wer wagt es, mich zu stören? Über den beachtlichen

Stapel erledigter Anträge spähe ich zur Tür und entdecke einen jungen Mann.

»Können Sie nicht lesen?«, frage ich gereizt: »Keine Termine! Nicht stören!«

»Ich brauche keinen Termin bei Ihnen«, sagt der Störenfried und lächelt gezwungen, »Ich hätte gern-«

»Was wollen Sie dann von mir?«, frage ich; es fällt mir schwer, seinen Worten zu folgen.

»Ich suche – ähm, können Sie mir vielleicht sagen, wie spät es ist?«

»Dafür stören Sie mich? Sehen Sie doch auf die Uhr!«, erwidere ich wütend, zeige auf die Wanduhr hinter mir und widme mich wieder dem Antrag, der nach meiner Aufmerksamkeit schreit.

»Entschuldigen Sie bitte, aber das kann nicht stimmen.«

Ich eise mich mit Mühe von dem Antrag los und sehe über den papiergewordenen Beweis meines Fleißes: »Es ist neun Uhr fünfundvierzig. Was soll daran nicht stimmen?«

Was glaubt dieser Einfallspinsel, wer er ist, dass er die Uhrzeit anzuzweifeln wagt?

»Es ist schon die ganze Zeit neun Uhr fünfundvierzig. Hören Sie, ich habe mich verlaufen und wollte nur nach dem Weg fragen, aber-«

»Die Uhr sagt, wie spät es ist, nicht Ihre Befindlichkeit«, erkläre ich.

Der junge Mann unternimmt noch zwei, drei weitere Versuche, mich von der Arbeit abzulenken, aber schließlich wimmele ich ihn ab, sodass ich mich nun wieder voll und ganz in meine Aufgabe versenken kann.

Das Bearbeiten der Formulare erfüllt mich mit einer Mischung aus Stolz und Glückseligkeit. Ich kann mir keinen schöneren Beruf – ach was – keine schönere Berufung vorstellen!

Eine Weile später brauche ich für einen Antrag ein besonderes Bewilligungsschreiben, das nicht in meiner wundersamen Schublade vorrätig ist. Ich erhebe mich, verlasse das Büro, nicht ohne hinter mir abzuschließen, und eile über den Gang. Einen Moment lang meine ich in der Ferne eine Stimme rufen zu hören und das Geräusch quietschender Sohlen klingt mir leise in den Ohren. Ich schüttle den Gedanken ab. Die Verwaltung ist ein gut geschmiertes System, da quietscht nichts. Im Büro meines Kollegen werde ich fündig. Er scheint heute nicht zur Arbeit erschienen zu sein, weshalb der Antrag offensichtlich zu mir umgeleitet wurde. Die Verwaltung funktioniert wirklich perfekt. Ich bin stolz darauf, meinen Teil dazu beitragen zu dürfen.

Wieder zurück in meinem eigenen Büro werfe ich einen Blick auf die Uhr. Neun Uhr fünfundvierzig. Sehr gut, die Beschaffung des Bewilligungsbescheids hat keinen Zeitverlust verursacht. Ich konzentriere mich wieder auf meine Anträge.

Es gibt noch so viel zu erledigen.

Gier
Vanessa-Marie Starker

Da läufst du an mir vorbei. Schaust nicht zu mir rüber. Deine langen Haare hüpfen an deinen Schultern entlang, als du leichtfüßig an mir vorbei gleitest. So wunderschön strahlen deine Augen, als du durch mich hindurch blickst. Meine Sinne verfolgen jede deiner Bewegungen. Wie du durch das Schulhaus schwebst. Anmutig auf deinen Platz gehst, nachdem das letzte Klingeln deine ersehnte Ankunft offenbarte. In jeder Pause folgen meine Augen deiner Schönheit.

Du...du wärst perfekt.

Ein Abbild deiner, in meinen Händen, wäre des Wahnsinns Schaumkrone.

Man sagte mir, dies solle ein stiller Traum meines Gliedes bleiben. Man sagt, du bist bereits des „I"s Tüpfelchen. Ich wollte es nicht glauben. Bis ich dich sah. Nicht mehr allein oder mit Freundinnen gingst du aus. Mit ihm, Hand in Hand, sah ich dich. Ihr saht mich nicht, saht durch mich hindurch. Mit deinen perfekten Augen. Doch ich sah euch. Wie du dich an ihn schmiegtest...Wie ihr lachtet...glücklich wart...

Unverdient!

Am falschen Leben hingst du, am falschen Leib hast du dich versündigt. Mein...mein solltest du sein.

Ich gebe dir alles...ich bin immer da, du weißt es nur nicht. Doch ich...ich bin immer bei dir. Zu jeder Stunde des Tages. Zu jeder Zeit der Nacht, bin ich an deiner Seite. In der Schule. Mein Blick ruht auf dir.

Gehst du „für kleine Mädchen", warte ich in der Kabine neben dir. Bist du Zuhause, harre ich aus in deinem Garten. Schläfst du, sitze ich vor deinem Bett. Meine Augen nah an deinen. Dein Atem auf meiner Haut. Ich tue dir nichts, ich fasse dich nicht an. Ich warte. Ich warte auf dich. Ich beschütze dich. Ich töte jeden bösen Traum, heile dich von jeder Krankheit…ich warte.

Bald…wenn du nicht zu mir kommen willst…dann hole ich dich.

Ich habe es verdient. Ich habe es mir verdient!

Du warst glücklich. Als ich ihn des Lebens entsagen ließ. Erinnerst du dich? Du hast geweint… Freudentränen standen in deinen Augen, weil er fort war. Weil du wieder frei warst.

Frei für mich.

Wieder wachte ich des Nachts über deinen Schlaf. Wischte die heißen Tränen von deiner kalten Haut, die du im Traum vergossest. Träumtest du von mir? Tränen liefen aus deinen schlafenden Augen… vermisstest du mich?

Bist du glücklich? Wir haben es geschafft…du musst glücklich sein! Du musst stolz auf mich sein!

Ich habe dich…endlich habe ich dich…endlich bist du mein…

Du hast geschrien vor Freude…hast dich an deinem Leben festgeklammert, um die Zeit mit mir zu genießen. Doch…so ist es viel einfacher. So müssen wir uns nie wieder trennen. Du bist bei mir, ich bei dir. Ein Teil von dir, wird immer in mir sein! Und ein Teil von mir immer in dir! Und jetzt, wo du deinen Körper nicht mehr brauchst...können wir gehen. Zusammen.

Ist das nicht schön?

Shhh...du brauchst keine Angst haben, du brauchst nicht weinen. Ich bin auch glücklich! Siehst du? Siehst du es?

Es wird schnell vorbei sein. Shhh...ist ja gut.

Ich bin doch da...ich bin doch bei dir...

...ich liebe dich.

Impressum

Vinterskrift
Leon Siever / Flatinka
https://creepypasta.fandom.com/de/wiki/Vinterskrift

Nordische Tiefen
Leon Siever / Flatinka
https://creepypasta.fandom.com/de/wiki/Nordische_Tiefen

Die gelbe Rose
Meike Sommer
https://creepypasta.fandom.com/de/wiki/Die_gelbe_Rose

Ein schöner Morgen
Meike Sommer
https://creepypasta.fandom.com/de/wiki/Ein_schöner_Morgen

Das Archiv
Horrorcocktail
https://creepypasta.fandom.com/de/wiki/Das_Archiv

Die Totenuhr
Horrorcocktail
https://creepypasta.fandom.com/de/wiki/Die_Totenuhr

Wir
Sebastian Koch / Schattentänzer
https://creepypasta.fandom.com/de/wiki/Wir

Alien-Hand-Syndrom
Eisengroud
https://creepypasta.fandom.com/de/wiki/Alien-Hand-Syndrom

Der Aufzug
MiSsZombieWookie
https://creepypasta.fandom.com/de/wiki/Der_Aufzug

Entfremdung
Vanum
https://creepypasta.fandom.com/de/wiki/Entfremdung

Gefangen im Labyrinth der Kategorien
Vanum
https://creepypasta.fandom.com/de/wiki/Gefangen_im_Labyrinth_der_Kategorien

Der Tannenzapfenmann
Myzia
https://creepypasta.fandom.com/de/wiki/Der_Tannenzapfenmann

Der Schrecken in der Rue d'Hathedeux
Vanessa-Marie Starker / b0undT0gether alias lonelyTought
https://creepypasta.fandom.com/de/wiki/Der_Schrecken_in_der_Rue_d'Hathedeux

Gier
Vanessa-Marie Starker / b0undT0gether alias lonelyTought
https://creepypasta.fandom.com/de/wiki/Gier

Buchempfehlungen

Titel: ODIUM – 100 Horrorgeschichten
Autor: Oliver Erhorn
ISBN: 9783748182429
Kurzbeschreibung:
Odium bedeutet so viel wie übler Beigeschmack. Ein unangenehmes Kribbeln im Bauch, das Gesicht zu einer angeekelten Fratze verzogen, eine gewisse Bitterkeit im Mund. Im Kopf rasen die Gedanken: Ist das wirklich richtig? Ist es in Ordnung, so etwas zu schmecken, zu fühlen, zu sehen? Soll es so sein? Dieses unangenehme Gefühl erstreckt sich in Odium über 100 einzigartige und schockierende Geschichten. Ein Sammelband aus 100 gruseligen, traurigen, bizarren, dramatischen, klassischen Erzählungen. Doch eines haben sie alle gemeinsam: Einen üblen Beigeschmack.

Titel: Knochenwald
Autor: Christian Witt
ISBN: 9783752851366
Kurzbeschreibung:
In seinem Privatlabor in Süddeutschland entdeckt der eigensinnige Forscher Professor Arnold Wingert den Zugang zum Knochenwald, einer fremdartigen, düsteren Parallelwelt voller mysteriöser und gefährlicher Kreaturen, für die er eine fatale Obsession entwickelt. Als Berichte über den Tod des Forschers seinem alten Freund und Kollegen Doktor Jonathan How zu Ohren kommen, entschließt dieser sich, das Schicksal von Arnold Wingert auf eigene Faust zu ergründen. Denn die Aufzeichnungen, die sein Freund ihm vor seinem Tod hat zukommen lassen, sind grotesker als alles, mit dem der Biologe je zu tun hatte. Ehe er sich versieht, findet er sich im Mittelpunkt von Ereignissen wieder, die das Antlitz der Erde für immer verändern könnten. Und er ist nicht der einzige ...

Titel: Die Ratten von Frankfurt: NACHWELT 2018 Band 1
Autor: Georg Bruckmann
ISBN: 978-1544748948
Kurzbeschreibung:
Der 3. Weltkrieg hat die Welt in ein gigantisches Trümmerfeld verwandelt. Die wenigen Überlebenden haben sich in kleinen Gemeinschaften zusammengefunden und trotzen den Ruinen und dem verwüsteten Land ihren kargen Lebensunterhalt ab. Marodierende Banden, verwilderte Tiere, tödliche Strahlung und das teuflische Vermächtnis des Krieges sind nur einige der Gefahren, denen es zu begegnen gilt. In Rom schart ein wahnsinniger Priester Anhänger um sich und sein Einfluss hat sich bereits bis in den Rest von Europa ausgebreitet. Seine Jünger morden und brandschatzen im Namen seines irren Evangeliums, und nur wenige haben noch die Kraft, sich ihnen in den Weg zu stellen. Inmitten von Anarchie, Verzweiflung und Verfall entbrennt ein dramatischer Konflikt, dessen Ausgang das Schicksal der Menschheit bestimmen wird. Wie weit darf man gehen, um zu überleben? Wie weit darf man gehen, im Namen der guten Sache? Und wenn man den Weg zu Ende gegangen ist, was bleibt noch von der eigenen Menschlichkeit?